Garden Life
in the
Mountains

山里的花园生活

快乐农妇

著

广西师范大学出版社
·桂林·

SHANLI DE HUAYUANSHENGHUO
山里的花园生活

图书在版编目（CIP）数据

山里的花园生活 / 快乐农妇著． —桂林：广西师范大学出版社，2020.11
ISBN 978-7-5598-3103-3

Ⅰ．①山… Ⅱ．①快… Ⅲ．①散文集－中国－当代 Ⅳ．①I267

中国版本图书馆 CIP 数据核字（2020）第 147901 号

广西师范大学出版社出版发行
（广西桂林市五里店路 9 号　邮政编码：541004）
网址：http://www.bbtpress.com
出版人：黄轩庄
全国新华书店经销
广西广大印务有限责任公司印刷
（桂林市临桂区秧塘工业园西城大道北侧广西师范大学出版社集团有限公司创意产业园内　邮编码：541199）
开本：787 mm × 1 092 mm　1/16
印张：19　　　字数：136 千字
2020 年 11 月第 1 版　　2020 年 11 月第 1 次印刷
定价：88.00 元

如发现印装质量问题，影响阅读，请与出版社发行部门联系调换。

谨以此书献给我的爱人，

没有他，就没有我们此生美好的山居生活。

序言一：
找回对土地的感觉

周晓虹　南京大学人文社会科学资深教授
教育部"长江学者"特聘教授

【一】

在所有把玩文字的活计中，为人撰序恐怕是最勉为其难的工作。自己的文字，不论怎么说，动手前总有基本的准备工作。要么一手经验老到，要么二手文献充足，要么数据值得玩味，要么观点新鲜前卫……你什么都不占，是决然不会贸然轻易动手的。否则，不仅智商怼不住，时间就更是无底洞，赔本的"买卖"偶尔做个一两回可以，常做就不是理性之举。

但是，为人作序就不同。你总得跟着别人的思路或爱好走。你为别人作序，就免不了要对作者或作品作一些基本的介绍和评论，或对别人的观点作些引申、发挥或斧正。从这个意义上说，序在古时多放在书的后面是有道理的（所以，现在依旧有人会写后序，或称之为"跋"），你也总是先读了人家的文字才会有自己的感受。有人说最早的序始于孔子的赞《易》，总是先有《周易》，才有孔子的称颂。这就决定了你对别人的谈论，总要有起码的了解。别人"上天"，你不能"入地"；别人谈诗作赋，你不能扶花弄草。道理很简单，人家的文在前，你的序紧跟在后。这就决定了，别人出的如果是道"难题"，你即使恶补自己的知识盲点，也常常会捉襟见肘。所以，答应似易，交稿实难。

正因撰序不易，我不但在王老师[1]提出请我作序时"腻腻歪歪"，而且在应允下来之后也迟迟不敢贸然动笔，或者说不知道如何下笔。幸运的是，因为最近想写一篇纪念费孝通和林耀华两先生诞辰110周年的文章，又把林先生的那本《金翼》找出来翻来覆去地看，结果有一天竟然找到了为王老师《山里的花园生活》作序的灵感。在林先生描述自己家族史的《金翼》中，张芬洲和黄东林两位姻亲兄弟最早通过合开店铺挣了钱，但后来张家却在内忧外患下失败，黄家虽然生意一度红火，但却在日本人的入侵中备受煎熬。到了1940年日军占领福州时，年逾七十的东林依旧像年轻时一样拿着锄头，从事"种地"这中国人"首要而又持久的生计"。读过这书的人谁都不会忘记那部家族史的结尾：在东林带领孙儿们耕地时，一架敌机在他们头顶掠过，孙儿们仇恨地仰望着天空，但老人却平静地对他们说："**孩子们，别忘了把种子埋入土里！**"

【二】

无论天地翻覆，首先要"把种子埋入土里"，其实并非是东林一人的执拗，乃是千百年来中国乡土社会的基本底色。记得费孝通先生在《乡土中国》一书中也写道："乡下人离不开泥土，因为在乡下住，种地是最普通的谋生方法。……我记得我的老师史禄国（С.М. Широкогорова）先生也告诉过我，远在西伯利亚，中国人住了下来，不管天气如何，还是要下些种子，试试看能不能种地。"中国人对土地近乎神圣的崇拜，千百年来不但孕育了乡土关系，而且派生出了中国农民乃至中国人对血缘以及地缘的重视。

在农民的眼中，没有土地的农民不是正经的农民。有能力扩大自家的田地是家庭兴旺的象征，而"崽卖爷田不心痛"千百年来一直是典型的败家子

---

[1] 即作者快乐农妇。

行为。其实，这种对土地的情感不仅中国农民有；在关于传统农民的经典描述中，美国人类学家雷德弗尔德提出过，赋予土地一种情感和神秘的价值是全世界农民特有的态度；法国社会学家孟德拉斯也认为，在农民的价值系统中，"金钱不是一种可靠的价值，真正具有价值的只有土地，因此要想富起来必须种好地"。

近几十年来，因为迅猛的工业化及城市化，几亿农民离开了原先养育他们的土地，一任"孔雀东南飞"。尽管城里的生活依旧不易，但乡间的谋生艰难和城市生活的吸引，使得进城的农民尤其是年轻一代真正想回去的不多，农民对土地的依附四十年来发生了断崖式的衰退，以致在今年以来的疫情和国际关系恶化的双重压力下，因田无人种而正在弥生越来越浓烈的绝非想象的恐慌。

不过，无论是昨天还是今天，进城都不会完全消解农民或农家子弟对土地的感情，他们消解的只是单纯依赖"种地"谋生的幻想。近些年来，因为改革开放，更因为因此而导致的城乡分割的二元体制的式微，进了城的农民及其子弟，甚至原本就几代在城市生活的中国人，竟也开始孕育出各式各样的"回乡"念头。于是，有为官者赋闲后返乡做起了乡贤，或为邻里出谋划策，或为乡党寻找资源；有创业者下乡承包起土地，或试探集约经营，或寻求致富之道；有资产者去徽州古村购买老宅，约三五文青开设民宿客栈，邀约同道吃五喝六、激扬文字；还有像王老师夫妇那样的文化人，他们虽无万贯资产，也无创业的"雄心大志"，只因喜爱土地，便图能够靠自己的双手实现果实累累、花开四季。并且，这种"回乡"，有时并非指一定要回到自己的"原乡"，而只是回到能够孕育出勃然生机、庇护心灵的土地之中，就像王老师在《山里的花园生活》中所说的那样，用一颗赤子之心，"找回对土地的感觉"：

我不知道是不是每个出生于农村的人都和我们一样总想亲近土地，接一接所谓的"地气"。老人在世的时候，我还经常回农村的老家，每次回去都有一种很踏实的感觉。老人不在后，回农村的次数就很少了。在被称为"水泥森林"的城市里待久了、待惯了，慢慢就忘记了对土地的感觉，心也逐渐麻木。……自从有了山里的家以后，对土地的感觉慢慢又回来了，园艺改变我们的生活方式也是始料未及的。自从有了山上的庭院，我和先生除了出差以及冬天太冷的时候不上山，周末时光几乎都在这世外桃源度过。眼前是自己播种的生命，看着它们茁壮成长有的只是满心欢喜，一切烦恼都被我们抛之脑后。

王老师对土地的热爱，其实并非是她一个人的执念。我虽不在乡间长大，但对土地一样有真挚的向往。记得小时候住在部队大院，我家的小楼前有一片大概是国民政府抗战胜利后种下的桃树，长至1970年不知是因为寿命到了，还是因为禁不住我们这些孩子摘桃子时的摇晃，不几年便死了。在院里壮硕的飞行员叔叔们如鲁智深倒拔垂柳般将枯树扛回家烧火后，那一大片空地就成了我励志成为"中国米丘林"的试验场。我那时候开垦土地、种瓜果蔬菜以及为植物授粉的劲头一点也不小于王老师和他的先生。及至后来"上山下乡"，磨练革命意志，还做了一年多生产队长，有了三百多亩土地，带着几十位劳力"折腾"，虽吃尽苦头，对土地的情感却日渐敦厚。

就在前几年，因为在南京和吴江两地创建了群学书院，又因为卖了手中的一套房，一时卡上有了二三百万的"闲钱"，竟也"烧包"到想去徽州现在叫作皖南的地方买一处古宅和两三亩地，回归乡间，扯上群学书院的旗帜，过几天"沽酒客来风亦醉""布谷飞飞劝早耕"的生活。为此，还和对土地同样钟情、也当过生产队长的张鸿雁教授自驾去皖南的碧山村转了几天，几番要到刷卡买地置房的地步，唯因房主屡屡变卦，才最终浇灭了那心头的一团"虚火"。后来，张教授退休，终在南京附近的汤山豪掷"纹银"400万，建成现在名噪江南的"卧香山庄"；而我也终因舍不得功名利禄，出任"资深"，开启口述史和集体记忆研究的新河，而将布衣还乡的初心抛之脑后。痛哉，惜哉，不如说羞哉！

【三】

其实，说羞，不仅说因舍不得所谓的"事业"年逾花甲也"死乞白赖"未肯退隐江湖，也是指如若我真有王老师一样的一处山野趣居、三两亩山地，就能打造出和她一样如此惬意的"山里的花园生活"吗？说说简单，其实未必。

认真说来，追求山里的花园生活，除了对土地的挚爱以及即使不算充裕但也堪称"小康"的经济条件外，恐怕还得有能够奢享或品味这种生活方式的"三闲"作为保证。这"三闲"的第一闲，当然是闲暇之便，即时间上要能够保证。对那些年富力强，正在事业上升期的人来说，你让他放下手中的事业或追逐，回归乡里，既会断送个人的远大前程，妄对父母含辛茹苦的期望和自己寒窗苦读的岁月，也不利于实现我们民族伟大复兴的宏伟蓝图。所以，城里人对花园生活的享有，常常像王老师和她的先生一样，要在周末的时光或退休的日子里才能实现。而在半退半不退之际，恐怕都会有和王老师一样的尴尬：

> 自从有了山里的房子后，每周我和先生都像孩子盼过节一样盼着周末的到来。周五一下班我们就进山，整个周末都在山里度过。……不知道从什么时候开始我和先生变成了两只"陀螺"，从进到院子就开始不停地转。北方的春天和初夏常常一周见不到一滴雨，那些不耐旱的花，像绣球，被旱得耷拉了脑袋东倒西歪。我实在不忍心看着这些一周没喝水的花继续忍受干渴，于是我俩还没进院子就分配好工作，一个拉水管

浇上层的花，一个接水管浇下层的菜，一遍下来通常需要两三个小时，期间还要拔除大量杂草。

我不知道现在王老师是否已经完全有了闲暇之便，是否已经可以为过上乡间闲暇的生活而首先变成旋转不停的"陀螺"？其实，"任何一种美好都需要付出"并非是一句空话，山里的花园生活需要闲暇，但闲暇绝非是单纯的闲着，真正的闲暇是需要付出代价的。

在闲暇之便以外，第二需要的是闲淡之心。所谓闲淡之心，是指你真正对外界的一切不再有攀比之意和焦虑之感。此时，一个项目有没有，或者一篇文章发不发，甚至工资收益的大小、学术荣誉的有无，都不如春种、夏播、秋收或冬藏，不如被太阳晒蔫的花朵、被虫蛀空的瓜果、见了底的水池、木头上长出的木耳。这时，你为春困、夏忙、秋喜、冬倦，花开花落就是你的缤纷四季，三胖、小雪就是你的家人，咪咪、小黑就是你的左邻右舍，而两亩三分地就是你的全世界……这时的你虽然同样整天忙碌不停，但内心却充满闲淡。

我记得，几年前王老师担任一家学术期刊的主编时，曾到南京来组稿，并通过从丛教授约我，因为多年来总在她们刊物发文章，陆续与几任主编都打过交道，自然会非常高兴地与王老师谋面闲谈。那次谈了些什么我已经记不得了，但王老师的闲淡气质，却让我有了直接的、难以忘却的感受。因此，当从丛教授告诉我，王老师不仅过上了惬意的田园生活，而且为此写下了一本很值得一读、更令人羡慕的《山里的花园生活》时，我一点都不惊讶。人们总说文如其人，其实，文真正如的是其人的生活。

再进一步，若有闲淡之心，必获得闲适之意，而这是品味山里的花园生活的第三闲，也是闲的最终目标或意义之选。记得几年前曾和胡荣等几位教授一起自驾欧洲，从德国弗赖堡出发南下，经奥地利的因斯布鲁克穿阿尔卑斯山抵达意大利，两个国家的富裕程度和民众的审美趣味高下立见：奥地利山里的民居每家每户的院落总是花团锦簇，由此你可以清晰地看见由多少个世纪的富裕打造的审美趣味和闲适之心；山里的人家即使罕有外人前往，依旧布置得像天堂的模样。但意大利的民居及庭院布置却单调乏味，我一再为曾诞生了文艺复兴运动和但丁、达芬奇与米开朗琪罗的民族其民众阳台上的单调装饰而感到震惊，在那里踏足不会比我们的广东或江苏农村因短期的暴富而产生的审美更富诗意。从那以后我就相信，单纯的富裕决然产生不出骨子里的闲适之意。

闲适之意，是指由闲暇、闲淡而产生的舒适和自在之意。我以为，如果最终没有达成这种舒适和自在之意，闲暇就不过是闲着的同义语，闲淡也不过是无所事事的另一种表达。只有闲适，才是一个人主动的自由之选，它没有丝毫的强迫，也绝非不得已而为之的选择，它是一个人经由自己乐意的忙碌而获取的整个身心的解放，这就像当年马克思为共产主义描绘下的那幅令人向往的图景："上午打猎，下午捕鱼，傍晚从事畜牧，晚饭后从事批判。"我不知道王老师现在晚饭后是否还从事批判？但我知道，如若在花园里从事批判一定更显锋芒。

是为序。

2020年8月24日
于大理漫步思语民宿

序言二：
花园时光荏苒

蔡丸子　著名园艺作家
花园旅行家
生活美学推广者

相比"快乐农妇"这个网名，我更愿意叫她"月亮姐姐"，这是她的微信昵称。我们认识已经超过十年，那时候她好几次专程赶到北京参加我们的花园下午茶活动。我们都喜欢花花草草，一起见证了中国家庭园艺从起步发展到现在的兴盛。虽然对于大众来说，"花园"这个领域迄今看起来也还是相对小众，但国内园艺产品和相关图书的种类，包括花园生活理念的普及早已今非昔比。

多年前去过月亮的第一座山居花园，那时那里开满了野花，而我和花友被她拍摄的花朵所吸引，所以特意从北京开车过去拜访。现在回首看，当时那座花园其实非常淳朴简单，院子里种了很多蔬菜，还有野趣横生的花花草草。因为有花朵，花园的意境自然而然感染着我们每一个人。记得当时我拍了不少照片，之后这些生机盎然的照片还刊登在了《时尚家居》的花园专栏中。2010年，月亮的山居获得了BHG（《美好家园》）第一届花园大赛的奖项。*Better Homes & Gardens*（简称BHG），是一本美国的百年大刊，中文版名为《美好家园》，是当时国内唯一有大篇幅园艺版面的时尚类杂志。我有幸担任了此后BHG历届花园大赛的评委，第一届最为隆重，最为醒目。当年获奖的三座花园包括马鞍山的三棵树、合肥的莫奈花园，还有月亮姐姐的花园，她的山居当时获得了"有机花园"奖。作为奖赏，当时的南非旅游局邀请所有获奖者和评委一起去南非拜访各式花园。那一次的南非之旅收获颇丰，我也能和三位获奖的花园主人尽情聊园艺的方方面面。时光荏苒，在之后的岁月中，月亮姐姐搬去了一座离市区更近的山居，那里的花园以远山为背景，花园变成了第一居所。虽然一直没有机会再去拜访，但她有了更深度的造园经历，我觉得她已经不再是最初的那个"农妇"，而是一枚冉冉升起的"月亮"了，她的山居记录在微博上影响了一大批粉丝和读者。

在花园爱好者中也分很多类别，比如热衷种植的"种植派"，喜欢收集植物品系的"收集派"，更看重设计的"设计派"。一座优秀的花园兼具很多重要元素，植物种植与花园设计必不可少，然而生活的范畴则更大更广阔。山野虽美，但那不是花园，因为有主人在其中，山居才能成为"花园"。《山里的花园生活》这本书介绍了月亮姐姐夫妻两人前后打造两座花园的经历，内容囊括了和花园相关的方方面面，还展示了她先生的花园木作和她自己的家居手作。

花园听起来很浪漫，拍出来的照片也很美丽，当然背后需要付出很多艰辛。如果你有一颗真正热爱自然的花园之心，就不会觉得艰难，即使是辛勤的劳动也是快乐的。通过这本书，能了解一段缓缓流过的山居岁月，我相信读者也会和我一样被感染，被感动。

目录

序言一：找回对土地的感觉 　　　　　　　　　01
序言二：花园时光荏苒 　　　　　　　　　　　08

第一章　我们拥有了山里大花园

第一节　开创此生第一个花园　　　　　　　002
与百花沟山顶的院子相遇　　　　　　　　002
山上的家　　　　　　　　　　　　　　　004
种出"百果园"　　　　　　　　　　　　007
摸索造园经验　　　　　　　　　　　　　009
开始种花　　　　　　　　　　　　　　　010
打造休闲平台　　　　　　　　　　　　　013
打造坡地花园　　　　　　　　　　　　　016
蔬菜花园带来的快乐　　　　　　　　　　019
打井　　　　　　　　　　　　　　　　　024
制作堆肥　　　　　　　　　　　　　　　025
与虫子的战争　　　　　　　　　　　　　027
往返于城市和乡间的两只"陀螺"　　　　029

第二节　大花园中的日常和四季　　　　　　031
找回对土地的感觉　　　　　　　　　　　031

四季篇
忙碌的春天　　　　　　　　　　　　　　033
悠闲的夏天　　　　　　　　　　　　　　039

- 收获的秋天　　　　　　　　　　046
- 过冬准备　　　　　　　　　　　050
- 猫冬，蓄势待发　　　　　　　　051

日常篇

- 收核桃　　　　　　　　　　　　052
- 种木耳　　　　　　　　　　　　056
- "偷"睡莲　　　　　　　　　　058
- 柴火灶　　　　　　　　　　　　060
- 玫瑰酱 & 玫瑰茶　　　　　　　062
- 南瓜花天妇罗 & 炒南瓜藤尖　　065
- 包饺子　　　　　　　　　　　　067
- 做木工　　　　　　　　　　　　068

第二章　进阶小花园

- **第一节　告别与开始**　　　　　**080**
- **第二节　以心造园**　　　　　　**083**
  - 换土　　　　　　　　　　　　084
  - 园路铺设　　　　　　　　　　086
  - 花园门　　　　　　　　　　　088
  - 木栅栏　　　　　　　　　　　090
  - 铺门廊木地台　　　　　　　　091
  - 小小花园初建成　　　　　　　092
  - 花架　　　　　　　　　　　　094

多肉扮家 096

化平凡为神奇——两堵灰墙的华丽转身 098

屋顶菜园 104

后院蔬菜花园 107

花园椅 DIY 110

藤架 112

户外灶台 114

堆肥箱 116

第三节　木作造家 118

纯实木橱柜 119

木楼梯 121

实木门 128

木床 132

长条桌 133

客厅多功能柜 134

实木沙发 136

木吊灯 138

岛台 140

封阳台 142

大餐桌 144

浴室柜 145

- **第四节　花园四季生活**　　146
  - 春日花园　　147
  - 春日蔬菜花园　　162
  - 夏日花园　　168
  - 夏日蔬菜花园　　171
  - 秋日花园　　175
  - 花果菜推荐　　178
  - 冬日花园　　206

第三章　亲近山林，收获家的另一种味道

- **第一节　山林四季**　　208
  - 春天走过山间　　208
  - 小满，带着小雪去巡山　　211
  - 夏日山林茂密葱绿　　214
  - 盛夏的果树　　216
  - 摘杏　　218
  - 养蜂　　220
  - 秋天的果实　　223
  - 摘山楂　　224
  - 摘花椒　　226
  - 进山摘核桃　　229
  - 深秋静心体验四季轮回　　230
  - 把自然之美带回家　　232
  - 捅马蜂窝　　233

第二节　山居手作之旅	234
青杏酒	234
杏酱	238
杏汁沙拉	240
杏酵素	240
桃酱	241
山楂酱	242
山楂酒	244
南瓜玫瑰花卷	245
木槿花皂	247
玫瑰纯露	250
鲜肉月饼	251
法国苹果蛋糕	254
雷蒙德苹果派	256
第三节　远亲不如近邻	258

第四章　花园生活中的动物伙伴

第一节　三胖与小雪	260
第二节　小雪和它的孩子们	272
第三节　咪咪和它的孩子们	276
第四节　小黑	281

后记　　　　　　　　　　　　　　284

第一章

我们拥有了山里大花园

第一节

开创此生第一个花园

与百花沟山顶的院子相遇

早在2000年年初,我和先生就想在居住城市周围的山上找地方盖一栋房子。那时候我们把方圆100公里内所有有水库或植被好的山都看过了,有的地方离市区近,但已经被比我们早醒悟的城里人占满了;有的地方虽稍远一些,可还没有一家住户,我们不敢做第一个吃螃蟹的人。所以在山里盖房的事就一直拖着。直到六年后的一天,偶然得知百花沟的大山里住着一些城里人时,我们的神经一下又被撩拨起来。更幸运的是,那里的山顶上居然有一栋盖好的房子,要和庭院一起转让。

或许是对庭院生活向往已久,当我们看到这座山里庭院,准确来说,是一座盖在山顶的房子时,没有任何犹豫便买下了它,全然不顾房子当时是否通水、通电、通路,对满院的建筑垃圾和丛生的杂草更是视而不见。

百花沟山顶的家

买下后，我们才知道这里只有水电是通的，确切地说，只有电是有保障的。一开始在此居住的户数还很少，水尚能保障供应，后来随着住户增加，用水逐渐紧张……直到2010年，村里单独为我们山顶的几家住户拉了一条水线才解决问题。而在这四年用水困难的时间里，我们曾多次借用邻居的吉普车拉水吃。

而从市里通往我们山居短短的35公里路，也是到2010年年底才分4段彻底修通。四年间，我们每个周末来这里都要经过很长一段异常糟糕的山路，雨天的时候尤其难走，得在大大小小的水坑中穿行。

十年后回头看，如果还是当时那种糟糕的情况，或许我们不会选择过这种近于自虐的生活。但今天我还是会自豪地说，我们不后悔当初的选择，因为山居生活为我们带来的物质和精神享受远比这些困难要多得多。

山上的家

花园和竹凉亭（拍摄者：蔡丸子）

有了山上的房子和院子，我们开始了真真切切的山居生活！

由于远离市区，我们只有周末才能上山，加上财力、精力有限，所以当初就定下了以DIY为主、找外援为辅的造家方针，这就有了我们几年间始终忙不完但很充实且非常快乐的周末生活，其中留下了很多美好的回忆。

我和先生先沿着院子的围墙一点一点地挖了一条沟，因为那条沟下面埋着条石。我们从沟里取出埋着的石板，用它们在院子里铺了一条石板路。挖的过程异常艰难，因为全是板岩，必须用镐小心地把石板刨出来，力量太大可能会把石头从中间敲开；力量不够，石头又挖不出来。

挖出的石板用来砌路，挖成的沟内填了土、种了树，工作量之大放到今天我们肯定干不了，也不想干，但那时候浑身充满了力量，就连当时发现土层下面有石板的惊喜到现在还依然记得。院子里石砌的休闲平台，也是我和先生到坡下一块块将石头搬上来，再由他砌成的。

院子的地面最初基本是裸露的石板，我们需要在上面填足够深度的土用以种植，当有一亩大的地方都需要填上厚厚的土时，那真是个巨大的工程。由于当初对用土量心里没数，土也是山上的稀缺资源，所以院子里的土几乎是那几年"老公移山"填起来的。

门前的竹凉亭也是先生利用年假的几天一个人在山上完成的，真不知道他当初是怎么把顶吊上去的！

我们对房子也做了简单的装修。山居房子的装修和城里的没什么两样：铺地，刷墙，安装洁具、窗帘……不同的是，因为距市区有三十多公里的路程，还要翻山越岭，市里可以将购买的材料免费送上门，但往山里运都得要另加运费了。为了省钱，我们决定自己做一部分工作，于是洁具和灯具的安装都是先生自己搞定的，虽然辛苦一些，但慢慢练就了一身本事，也就有了后来他自己独立做床、桌子、楼梯，甚至全部家具的漫漫造家之旅。

开春，院里桃花盛开时

　　每次到山里后我们都不愿意回市区。这里没有嘈杂的人群和被污染的空气，每天早晨我们都被鸟语唤醒，被花香围绕；这里从不炎热，只有徐徐吹来的清凉山风；抬头是蓝蓝的天和大片新鲜的绿色。看书累了，远眺是青山，眼下是满园的果蔬花木，任何烦恼都会消散；想锻炼身体了，干活去！花园菜园总有干不完的活：锄地、推土、拔草、浇水……如果觉得运动量还不够那就爬山去，清晨或日落时分的大山很美，一定让你爬个够！

种出"百果园"

山里的院子占地近一亩,有了地,我们对种植的贪婪一下子就爆发出来了。是的,种树是我们首先做的园艺工作。那几年我们恨不得把所有北方能种的果树都种到自家院子里。

第一年,从同学那里得到五棵雪松,三棵种在了院子下面的坡上,后来我们规划在院里上层种花、下层种菜,便将剩余的两棵雪松种到了下层菜地中央。由于土地瘠薄,后来只存活了一棵,而这仅存的一棵后来也被刨了。我和先生当时很想种树,所以根本顾不得挑选树种,即便是城市街道绿化的雪松也不放过。现在来看,在菜地中间种雪松,实在搞笑。

第二年,另一位同学帮着找来两棵至少有五六年树龄的法国大樱桃,还有杏树、石榴、柿子树等,可喜的是,种植后,它们全部成活。期间还有同学给了两百棵农大教授培育的薄皮核桃树苗,除分发给邻居外,我们留了七八十棵,雇请当地农民在山居外面的山坡上刨了树坑,梦想种出一片核桃林来。为了保墒①,春天时我给每一个树坑都覆盖了地膜,但后来还是因为土地瘠薄、气候干旱,加上野草丛生,核桃树苗全部死了。

第三年,又有同学提供了两棵有五六年树龄的苹果树、三棵柿子树、三棵黄金梨树和三棵桃树,除梨树外其他均成活。同一年还有从枣树种植区拉来的十多棵枣树,我们将其分种在下层菜地的两侧。由于果树太多,桃树又种在菜地中间,随着它们一天天长大,下层菜地几乎长满了果树。为了有足够的种菜空间,我们只得又把菜地中间的桃树刨了。后来,两边的枣树长大后不结枣,我们就将其移到了邻居家。

① 指保持住土壤里适合种子发芽和作物生长的湿度。保持水分不蒸发,不渗漏。——编者注

另外我和先生还从果研所、葡萄种植区等地寻来了无数个品种的葡萄苗。可惜有一年冬天极寒，大多数葡萄苗被冻死了，只剩下一个耐寒的品种。房子北面背阴处种植的巨峰葡萄倒是留了下来，只是疏于管理结果很少。

除此以外，院子里还种了树莓、蓝莓等小型灌木，以及丁香、樱花、海棠等无数花灌木。据说可以补钙的小灌木我们也尝试种过。

那几年为了找到好的果树品种，我把能叨扰的同学找了个遍，也多次一个人开车跑去很远的地方，只为了拉两棵大的薄皮核桃树或几棵好品种的石榴苗回来。累的感觉常有，但从未觉得苦。

最初几年，年年种树，好像自己拥有的土地不是一亩而是几百亩，又好像自己家是个果树试验站。直到2010年，栽种果树的任务算是彻底完成了——院子里已经没有多余空间可以容纳任何树了。随着树木一天天长大，移栽和伐树又成了我和先生后来的一项工作。

摸索造园经验

大多数人都喜欢鲜花，我也不例外，所以一直梦想着能有一个自己的大花园，四季都有鲜花盛放，可以随心采摘将其插到各式各样的花瓶里，放在客厅、卧室，或者厨房、卫生间。一直以为这只是个无法实现的梦，想不到有一天会买下山里的一栋大房子，还有一个很大的，可以种花、种菜、种树的大院子。

如果把园艺理解为造园的艺术，那我们造的园并不算成功。当我和先生匆匆买下这庭院的时候，对庭院设计一无所知。十几年前，中国的家庭园艺尚未起步，我们没有任何可以借鉴的经验，哪怕是可以参考的花园图片；那时候我们没有任何规划，想到哪儿做到哪儿，全凭热情的蛮干，放到今天我是无法接受的，但当时被客观条件和做工水平所限只能那样做，当然也留下了很多遗憾。

为了居住安全，我们先砌了围墙。如果是今天，我一定会细细思量：围墙是做铁艺的还是砖砌的？或是做竹篱笆的还是木篱笆的？通透的围墙边种哪种藤本月季更好？围墙的选择可以有很多种，但要保持起码的美观，而且要和家的整体格调及周围环境相协调。可当时看邻居家砌了红砖墙，我们也忙不迭砌了一样的红砖墙，做工很粗糙，内墙甚至都没有勾缝。院子里的步道，换作今天我一定会选择砖铺或石子花拼。仅砖铺就有很多种铺法，但那时候我和先生根本没有铺一条有情调的弯弯小路的想法，最终只是用水泥铺了一条横平竖直很粗糙的园路。还有雨水收集池，虽然当时已经有了收集雨水的想法，但具体怎么做我和先生根本没主意。于是就在院子里随便找了块地方挖了两个水池……放到今天，我一定会在形状、质量上好好把关。

开始种花

其实我对花的认知及热爱不像那些从小就喜欢花或有花园情结的人。最初，我对养花基本一无所知，虽然之前也在阳台养过，但都是以花枯死为结局。后来才知道种花是有学问的，只是自己还没有掌握养花这门技术。即便十几年后的今天，自己依然不敢说已经学会了养花，园艺也一样，正所谓活到老学到老。

虽然说园艺不仅仅是种植，但园艺必然首先要种植，只有了解每种花的习性以后，才能够超越"园艺不仅仅是种植"的层面，再根据每种花的花色、高低，以及自己家的各种条件等，通过搭配，造出美丽的花园。所以那几年，我尽量多地认识花，并尝试种植所有适合山居的花。

种花和折腾庭院一样，我和先生非常盲目。十年前中国的家庭园艺才刚刚兴起，那时候自己认识的花没有几种，更不用说了解它们的习性了。这倒不怕，种植的过程就是学习的过程。第一年，我从农科院同学那里要来萱草，误打误撞从南水北调苗木基地讨来红景天、鸢尾、锦带、玫瑰等。当时只种植几种花，我忽然萌生一个念头，不妨把自己的山居生活记录下来，于是在网络上便开始了"快乐农妇"的博客记录。

为了把花园建造得更好，那几年我一直四处寻花，只要能找来的都悉心种植。先生去英国带回的小丽花更被我当成了宝贝，我把它们从像小土豆大小的四块养起，渐渐地几乎可以装满两个大箱子，可惜的是有一年寒冬它们全部被冻坏了。但是也有好事发生，通过这些小丽花我认识了蔡丸子。因为我一直在博客上更新着自己的养花记录，正好看到她给我的留言，激动极了。蔡丸子可是我当时买过的唯一一本园艺书的作者啊！

野花组合五彩缤纷（摄影者：蔡丸子）

感谢丸子把我带入如今在网络上已经不知踪影的搜狐焦点园艺论坛，让我认识了许多园艺高手，参加了许多论坛举办的活动，收获非常大。尤其是参加了2010年的"春之声播种大赛"，偶然种出的野花组合被丸子拍照后登在《时尚家居》杂志上，让我有了炫耀的"资本"，更有了把花种植得更好的信心。

山居的那几年，我把几本普及花卉知识的书几乎翻烂，买了无数与花园有关的书，从中挨个了解花的各种知识，比如某些花是多年生还是一年生？是高的还是低的？是红色还是绿色？几月开花？花期多长？在看书的过程中记住了一个个花名，而后看网络论坛里花友家分享的实际效果图，再选择适合自己家的购买、种植，不厌其烦。院子里的那些花总是被移来移去，以图达到最佳的视觉效果。网购花籽、花苗无数，种植后其中很多花籽却连苗都没长出来过，有的幼苗送到家时还好好的，但没几天就慢慢死了。虽然如此，却丝毫不影响我的购花热情。十年前，网络还不像现在这么发达，我们就自己开车到处寻花拉花苗。最疯狂的一次，半夜和先生开车进京接儿子回家，然后去买藤月苗，到了藤月基地师傅都还没起床。后来，先生每进一次京都带月季回来，那几年只要是我想种的花，他从来不问长啥样，也不管跑多远的路或是花多少钱，总是毫不犹豫满足我的要求。

那几年真的是为花痴狂的一段时间，冬天我经常整晚坐在电脑前看帖学习，可能是外感风寒的缘故有了背疼的毛病，后经过两年的锻炼、治疗方才痊愈。这让我明白了一个道理，既然种花是为了自己身心健康，如果因此导致身体疾患就得不偿失了。此后，我变得理智一些了，对花的选择也越加理性，尽量找适合山居环境的多年生宿根花，不再是盲目地见什么种什么。但花卉搭配的学问很深，需要在实践中一点点摸索和提高。

打造休闲平台

先生做的户外木桌凳（摄影者：蔡丸子）

即使是小花园，也需要有个舒适的户外休闲区域，我们可以在此手捧一杯茶或一本书，一边喝茶读书，一边赏景，该有多么惬意！几个朋友边聊天边赏景也不错，想想都觉得快乐！

我们先在屋门外修了一条水泥小路，在屋前整理出一片休闲区域，门两侧各种了一块整齐的草坪。后来才发现，因为山居位于干旱少雨的北方，院子里的花花草草每周只能浇一次水，种植需水量很大的草是个错误的决定。于是第二年，我们就把草坪铲除，改种了月季等宿根花。门前这

在两棵槐树间做了一个简易木秋千

片地安顿好了，我和先生又开始整饬房子南面的一大片坡地，这片坡地面积很大，但几乎没有土层。由于周围有几棵大槐树，先生便决定在大槐树下修建休闲平台。几棵大槐树看上去至少有二三十年树龄，树冠基本连在一起，也就是说，休闲平台在槐树下基本晒不到太阳。我们用山上的石板铺地面，然后在石板缝里撒上草籽，后来长出很多紫花地丁等野花，景观质朴清新又与周围环境相协调。因为需要把地面修平整，所以还需要搬石头，这既见水平又需力气的活当然非先生莫属了。

做好休闲平台后，先生利用我们买的榆木边材做了第一套户外木桌凳，十分粗犷，但很结实，一直服务到我们搬离这里。他还在两棵老槐树间做了一个简易的木秋千，想不到后来这里成为花园里最热闹的地方。

在修建休闲平台的时候，原先计划在下层做一个雨水收集池，但邻居的一句"不如做个下沉式平台"的建议启发了先生，水池因此改建在了休闲平台边。本打算做成月牙形的深水池，另一边以小桥相隔再做一个浅一些的小水池。请了当地农民帮我们挖坑，没有图纸，动工的第二周，当我们上山看到他们挖的圆圆的而非月牙形的水池时，我和先生只能按其挖好的形状垒了两个丑丑的水池，并和中间一个更丑的小桥相连……

此外，我们就地取材，用从院子里挖出的石板铺了一条石板路。

大槐树下的休闲平台

打造坡地花园

修建好了休闲区，接下来的重点工程之一，就是整理房屋南面一块很大的坡地，我们准备做成层状的，并且还想在合适的位置挖一些坑种树，以及整理出一条林间小道。坡地是石多土少的页岩层，挖起来很费力气。但为了种树、美化庭院，我们打算咬咬牙就这样做了。

花钱请人来做也不是不行，但我们是边规划边施工；让朋友帮忙也可以，经常有同学说不要只让他们享受劳动成果，也要让他们参与建设。但想想还是觉得干活和一般的玩耍不一样，就靠我和先生自力更生吧。

自己干活，累是肯定的，因为都是力气活，但也会非常快乐，因为在刨地的时候，总能刨到很大块的片状石头，那是做石板路非常好的材料。每次挖到一块合适的大石头都像挖到宝一样，让我们惊喜不已。

我边干边玩，一小会儿就累了，于是罢工。可先生就像愚公一样，挖山不止，山坡地硬是被他挖成梯田状的两层，上面挖了好多树坑准备来年春天种果树。西墙边也挖了一条沟，准备填土种植酸枣和枸杞。空地两侧相对称地砌了两块平地，可以植一片竹林或玫瑰。

坡地花园

我们计划在南墙边搭建灶台和烧烤台，这样我和先生两人或是和朋友一起就可以在南墙边的槐树树荫下，边烧烤边赏美景。后来，因为工程量太大，就没有做专门的户外灶台。

南面的山坡地整理好后，我和先生怕下雨会滑坡，便跑到院外的山坡上像捡宝一样捡砌墙的石头。我一块一块从乱石堆里捡出看起来平整的石头，堆在一起，先生再把这些石头装满小推车推回家，我们像两只搬家的蚂蚁，在山坡一侧垒了一面石头墙做防护。

那时国内还没有岩石花园。其实这面少土的坡，修建成岩石花园再好不过了，但当时我们对此不是很了解，于是选择了一些耐旱、耐瘠薄的花和花灌木，比如猥实、邱园蓝莸等，这里最终形成了灌木草花相结合的旱生花园。

经过我和先生两个人的折腾，院子里上层花草鱼休闲区、下层瓜果菜劳动区的布局终于落成。这样的功能定位一直持续到我们搬离这里。

蔬菜花园带来的快乐

我家院子的下层是细长条的，六七米宽，三十多米长，接手的时候这里只是土层很薄的山地，我们拉了几十车土才把这块长条地整理成一个可以种植蔬菜的园子。

菜园也可以变成蔬菜花园，这是我看了英国花园的图片和视频以后才有的概念，但英国的蔬菜花园通常太过精致，一般是用木板围边抬高苗床，对我们这个山居来说，就意味着它即将成为干旱的高地。另外，用木板做围边确实好看，但考虑到木材紧张的现实情况我们也就放弃了。

后来我去了南非，看到那里的蔬菜花园，深受启发，用石块或砖做简单的分割，就可以让杂乱的菜园摇身变为蔬菜花园。

春天到来，我俩仿照南非蔬菜花园的做法，用石块和砖做踏步，用废弃的松木杆和砖做边界，在每个菜畦之间做了适当的分割。每个菜畦宽约90厘米到1米，菜畦之间留约20厘米的小路，便于行走，也便于劳作和采摘。菜地做分割的好处是，无论下多大的雨在菜园里都不会踩一脚泥，无论从哪个角度都可以伸手够到你想要的蔬菜。分割后的每一小畦，不光看起来一目了然，整齐划一，而且便于错时种植和轮作。

为了达到更好的视觉效果，也为了让所有的蔬菜能更好地采光，按照从南往北的顺序，我们先种植了低矮的叶菜类，如生菜、油麦菜、小油菜等；然后是植株高一些的蔬菜，如青椒、茄子等；在最北边，我们种植了需要搭架的豆角、黄瓜和西红柿。

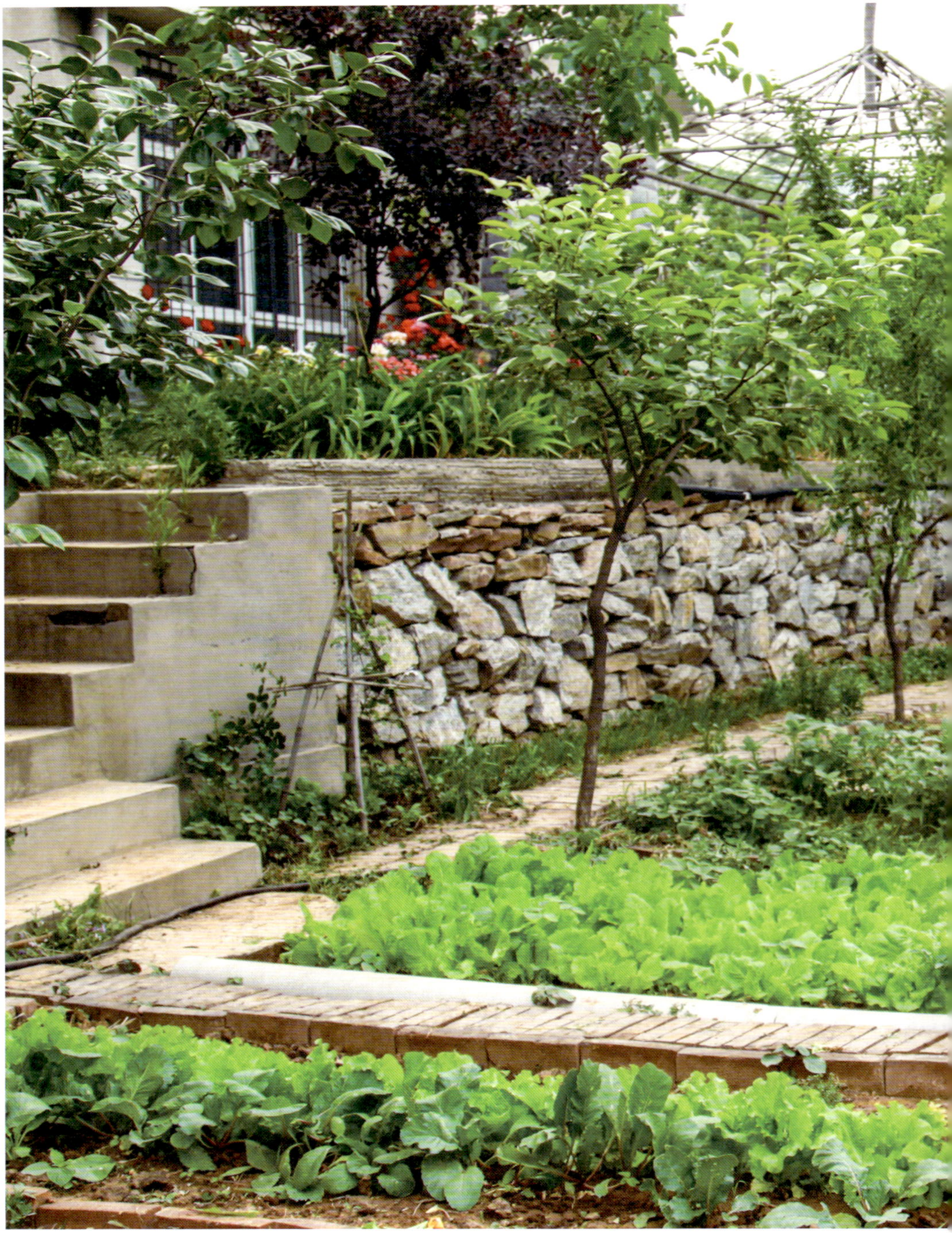

第一章 我们拥有了山里大花园

蔬菜花园全景

丝瓜　　　　　　　　　　　　　生菜

葫芦

蔬菜品种的选择也比较讲究。生菜观赏性好，是叶菜类里最推荐种植的蔬菜，每棵生菜就像一朵盛开的花，气势不输花卉。生菜从小苗时就可以吃，等其长大后，往往只需一棵就能做一盘菜，并且生菜最突出的优点是不生虫。在蔬菜花园种植白菜虽然也很美观，但虫害较严重，几乎十字花科的所有蔬菜，比如菜花、芥菜等，都非常容易受虫害的侵扰。

蔬菜花园里当然不能缺了香草，像紫苏、罗勒、洋甘菊、旱金莲、百里香、牛至等等，不仅观赏性好，香味独特，还可以用来做西餐，更可以做茶饮，每一种都有特殊的功效。生长期长的西红柿、茄子、青椒、豆角、黄瓜等虽然植株比较高大，但因为可采食时间长，是整个夏秋季的主打菜，所以在蔬菜花园里也是必不可少的。如果把它们的架子搭得美观一些，看起来也十分赏心悦目。

爬藤类的瓜长势也非常好，既不生虫，产量又高，还可以美化庭院。结出的丝瓜有些能长到1米长。丝瓜这种菜既可凉拌，又可热炒，老丝瓜瓤还可以用来洗碗洗澡。在美国做访学时，我还花一美元买过一块洗澡用的丝瓜瓤呢。种植的葫芦也特别能结果实，摘下来送给朋友让他们炒着吃，可他们都舍不得，竟摆放在办公桌上天天欣赏。南瓜叶爬得到处都是，结的瓜很大，很多，味道也好。

在菜园的劳作不仅让我们收获了有机蔬菜，更重要的是，我们得到了快乐。夏天过后的累累硕果总让我们忘记春天栽种时的辛苦。在食品安全问题此起彼伏的如今，能吃上自种的有机蔬菜也是我们津津乐道的。与朋友、邻居分享成果是我们最快乐的时候。

打井

2011年的端午小长假我们和山上的好几家邻居都是在兴奋中度过的，一切缘于打井。

缺水是我们山居面临的首要困难。刚住上山的第一年，由于户数少，水很充足；后来随着住户增多，用水越来越紧张，尤其我们住在山顶的几家，最困难的时候，日常吃的水都需要到山下去拉，花果菜只能听天由命。后来村里专为我们拉了一条水线解决了用水的问题。然而好景不长，山里新来的一户人家在此线路接了分支，他家一用水，我们这里便又成了"上甘岭"。所以山居的几年，我们在山顶吃尽了"水往低处流"的苦头。

曾有水利方面的专家在我们这里勘察过，说山上打不出水来，但是农民打井队创造了奇迹。端午节前我们得知有几家已经在院子里打出了水，但出水情况如何不是很清楚。周六我和先生上山，已经打出水的三家连同我们尚未打井的两户人家凑到一起互通信息，才知道那三家是分别从50米、70米和80米的地下打出了水，是真正的矿泉水，喝到嘴里还有一股甜丝丝的味道，与在市里喝的地表水以及山上的浅层水确实不一样。大家开玩笑说，以后进城可以去卖水了，我们这是百分百的矿泉水。

周日，南邻开始支架打井，一帮邻居过来观战。我家位置居中，一向是聚会的据点。一帮大老爷们不顾旁边的隆隆机声，在我家院子里高谈阔论，聊至中午意犹未尽，临时决定在我们这里设宴。左邻右舍有酒的拿酒、有菜的上菜，直喝到风把钻井的石粉吹到我家为止。下午五点多，打的井出水的那一刻邻里之间奔走相告，过节一般。打至八十多米的时候，隔窗望见水喷至两三米高，我在屋里不由惊呼起来。打开水龙头就有自来水的城里人，根本无法理解我们看到水井有水喷出的那股高兴劲儿。水，是我们这里的头等大事，万物生长离不开太阳，更离不开水。

制作堆肥

对制作堆肥感兴趣，一方面是因为每年都要购买和使用大量的有机肥，另一方面是不想浪费家里的厨余、锯末和枯枝败叶等可以制作堆肥的材料。

两年前知道自己可以制作堆肥的时候，我便在菜园一角建了一个堆肥池，但没建成我想要的样子。池子下面口太小，铁锨无法伸进去翻动，也很难把沤制好的肥料弄出来，以至于建成的堆肥池后来变成了垃圾池。

关于堆肥这件事，先生固执地认为根本不值得去做，我则认为堆肥不仅有必要，如何堆肥也需要去学习。堆肥这事，往大了说，有利于环境，往小了说，有利于自己，何乐而不为呢？

在得不到支持与帮助的情况下，我义无反顾地开始自己动手改造堆肥池。在拆池子的时候恰巧被串门的农民朋友看到，他说他家有切割机，明天直接帮我把砖切开就成。看看，当你下决心要做一件事的时候，全世界的人都会来帮助你。

关于如何堆肥，网上方法很多，但凡事我总喜欢化繁为简。其实堆肥这件事本身也简单：把枯枝败叶、厨余（不包括肉类等熟食）等一层一层堆在一起，加一定量的水，最好在顶上再加盖塑料布，以增加里面的温度加快堆肥的沤制，每月翻动一次，半年到一年即可制成。如果加了EM菌[①]，会加速堆肥的腐熟过程。如果想偷懒也可以不翻动，翻动的目的只是让整个过程变得更快。

堆肥的容器可大可小、可繁可简，可以是小水池那般大，也可以是一个桶那么小，甚至就地深埋也是可行的。这些都还是十年前的做法，十年后的今天，市面上早已有十分美观的堆肥桶，堆肥这件事也已相对普遍，人人皆可做。

① 一种混合菌，一般包括光合菌、酵母菌、乳酸菌等有益菌类。可用于食品添加、养殖病害防治、土壤改良、生根壮苗、污水治理等。——编者注

与虫子的战争

我津津有味地读着日本作家石川拓治写的《这一生，至少当一次傻瓜》，书里讲了主人公木村秋则在他的苹果园里与虫子抗争的故事，他在坚持不打农药的第六年终于导致很多苹果树处在枯死边缘，而他自己绝望地拿着一根绳子准备去寻死。看到这里时我为他感到难过，当然也为他最后终于通过十一年的坚持等来了苹果树的开花结果而感动和高兴。殊不知，我家院里也有一堆虫子正等着我去对付。

曾在一周内把我家苹果树咬秃的美国白蛾又来了，且个头已经是一寸多长的成虫，这些美国白蛾吃秃了我家很多杏树和樱桃树的叶子。

这一次我要被虫子打败了。当看到挤成疙瘩的黑色大毛毛虫时，我首先想到的是用剪子对付它们。我把低处能够到的，以及搭梯子能够到的虫子都用剪刀消灭干净，但是樱桃树和杏树都比苹果树高，除非我能爬上树，否则树梢上的毛毛虫我无论如何都够不到，而我又不能容忍这么大的虫子一点点地在我的眼皮底下蚕食杏树和樱桃树的叶子。能用剪刀消灭的只是成虫，幼虫和虫卵我不知道在哪里，我担心等它们长到成虫时会再来肆虐。于是，我默许了先生下山买农药的行为，但是打药的时候我只允许他喷洒上层花园里的两棵杏树，因为那里离菜园很远；而在菜园里的樱桃树我坚持用剪刀处理虫子，实在够不到的，我又想办法用竹竿把它们打下来，再将目之所及的一一踩死。对于菜园里的苹果树，我坚持不打药。

先生买回农药后告诉我，听卖药的人讲，这药打过七天后菜就可以放心吃了。他打药时，我闻到了很浓的农药味，而他戴了口罩，甚至把做木工的护目镜都戴上了，很难想象果农对着果树喷洒农药时果园里的药味该有多大，果农自己受的伤害又有多大。作为消费者，经常食用有农药残留的果蔬，其受的伤害更是难以估量。

被虫侵害的苹果

　　我希望这是第一次，也是最后一次用农药，尤其是看完木村秋则的故事，我更加看到了希望，并深受鼓舞。我可以学他定期用醋喷洒苹果树杀菌，可以学他用发酵的苹果水诱虫，更可以像他那样继续用手捉虫、杀虫。我只是等待的时间不够长，只是不如他更有耐心，更能坚持。蔬菜既然可以在我的坚持下做到不打药也能良好生长，果树应该也可以，只是果树需要的时间更长，木村秋则不是等了十一年吗？我也可以等，而且好在我只有两棵苹果树，好在我不以商品生产为目的。

　　后来十几年的山居生活，我是在和花果菜上各种虫子的不断抗争中度过的。但这次允许先生给果树打农药杀虫，真的是第一次，也是最后一次。

往返于城市和乡间的两只"陀螺"

自从有了山里的房子后,每周我和先生都像孩子盼过节一样盼着周末的到来。周五一下班我们就进山,整个周末都在山里度过。每次到了山上的家,基本都是书包一扔连屋子都顾不上进,先在院子里查一遍,看我们栽种的果树是不是长高了,播的蔬菜种子是不是长出来了,栽的花是不是也开了。每次巡查都会有大大的惊喜!移栽的果树不仅成活,而且长到才一米多高就结果了;茄子、西红柿、辣椒、丝瓜、豆角、莴苣、水萝卜一周一个样,盛产时我们根本就吃不完。最主要的是,这些蔬菜没有施任何化肥和农药,摘下来用水一冲就可以放心食用了。更让我们惊喜的是,随手扔在地里的西瓜籽和甜瓜籽居然在不经意间也结出拳头大小的瓜。

不知道从什么时候开始我和先生变成了两只"陀螺",从进到院子就开始不停地转。北方的春天和初夏常常一周见不到一滴雨,那些不耐旱的花,像绣球,被旱得耷拉了脑袋东倒西歪。我实在不忍心看着这些一周没喝水的花继续忍受干渴,于是我俩还没进院子就分配好工作,一个拉水管浇上层的花,一个接水管浇下层的菜,一遍下来通常需要两三个小时,期间还要拔除大量杂草。

说到拔草,有一种比较流行的耕种方法叫自然农法,这种方法除了倡导不施肥、不打农药以外,还提倡不拔草,说草可以为植物庇荫。但花园里的杂草实在是太猖狂,经常长得比花和菜还要高几倍,如果不除掉杂草,花与菜就无法生长。

所以拔草在山居是不得不做的事,并且是很占时间的一件农事。周五晚上,等先生这只"陀螺"浇完院子里的花转进他的木工房后,我这只"陀螺"还要继续在花园里转,一会儿蹲下来拔草,一会儿又拿剪刀剪掉开过的残花,期间还要拔掉过于密集的花,或是将其再移栽到空稀的地方去……等困意袭来,才不得不进屋,抬头看表,已经十点多了,也就是说从我们进院

收获的蔬菜

到收工进屋，除了草草吃了一些简单的饭菜外，就一直在院子里干活。平时在单位食堂吃饭的时候，饭量小我一半的同事经常问我："真是奇怪，你吃这么多，肉都长到哪里去了？"我也总是百思不得其解，便回答说："我大概不爱吸收，是一个'没良心的人'。"

后来想，我积攒的能量大概都释放到花园里了。半天的时间，要是徒步走，起码走十里以上的路，而我周五一晚上在院子里的工作量就相当于走了十里路，若是没有大饭量能顶得住吗？

等我这只"陀螺"旋进屋，那一只还在木工房里转个不歇，我洗漱完毕后，要催好几次他才能从楼上旋下来。等他洗漱完，我早已进入梦乡。

周末的两天，我这只"陀螺"每天都是早上五点多就开始在花园里转，补浇前一晚没有顾及的地方，继续拔草、剪枝、移栽，还要选择合适的光线和时间，拿着相机拍不断变化的花园。等那只"陀螺"自然醒后把饭做好，我旋进屋再看表已是八点多，一个早上又不知不觉干了三个多小时的活，饭当然不能少吃，何况食物这么美妙。若想要减体重，就多劳动吧。

花园里总有干不完的活，木工房里也有一个个要实施的木作计划，所以，我们只要在山上，就会不停地转，只不过我是那只早晨和晚上在花园里快速旋转的"陀螺"，而先生是那只一天不停地在木工房慢慢旋转的"陀螺"。当然，"陀螺"也有停下来休息的时候，那时我们肯定在一边欣赏，一边享用自己的劳动成果。

第二节

大花园中的日常和四季

找回对土地的感觉

我不知道是不是每个出生于农村的人都和我们一样总想亲近土地，接一接所谓的"地气"。老人在世的时候，我还经常回农村的老家，每次回去都有一种很踏实的感觉。老人不在后，回农村的次数就很少了。在被称为"水泥森林"的城市里待久了、待惯了，慢慢就忘记了对土地的感觉，心也逐渐麻木。

自从有了山里的家以后，对土地的感觉慢慢又回来了，园艺改变我们的生活方式也是始料未及的。自从有了山上的庭院，我和先生除了出差以及冬天太冷的时候不上山，周末时光几乎都在这世外桃源度过。眼前是自己播种的生命，看着它们茁壮成长有的只是满心欢喜，一切烦恼都被我们抛之脑后。

说起来在大学的时候我们还都学过一些农业知识，但一直没有实践的机会，这时也有了用武之地。而那些"谷雨前后，种瓜点豆"等农谚也非常有用，提醒我们什么时候该种什么、注意什么。以前我从不关心这些节令，有了山上的蔬菜花园以后，会特别把天气和节令放在心上，因为这会直接影响我们的种植实践。第一年，因为没有经验，加上我们的院子太大、需要平整的土地太多，蔬菜种得很随意，豆角、黄瓜、萝卜等种在一起，结果哪一个都长不好。后来我们吸取了教训，做了简单的分区，才有了西红柿和茄子的大丰收。种的菜很多，我和先生两个人根本吃不过来，每个周末回城都要带回两大兜和朋友一起分享。

山上的大园子不仅锻炼、强壮了我们的身体，更净化了我们的心灵。院子里上层花、下层果蔬的基本格局，慢慢形成了一种独特的野趣。

四季篇

忙碌的春天

大概没有谁比园丁更盼着春天的到来了。三月初北方的室外其实还是天寒地冻，但我还是恨不得马上冲到山上开始我们的山居耕作。漫漫长冬我会一再在脑子里或记事本上勾勒新一年花园菜园的模样：哪个地方该修一条小路了，哪个地方该做个花境了，该添置哪些新的花卉或蔬菜，该把哪棵树或哪株花移动地方……这些都等着开春以后一一去实现呢。

北方山上的三月，即使到了植树节的时候，植物也才刚刚有萌发的迹象。但我总可以从点点滴滴中找到春天的信息。我经常会扒开被乱草覆盖的猫薄荷、百合和景天看看它们是不是已经发芽了，或者盯着果树干枯的树枝寻觅即将萌出的新芽，甚至还会用指甲轻轻抠开树皮观察树干的颜色，如果是绿色的就表明头一年移栽的树木已经活了。其实这时候满眼望去几乎还没有一点绿色，冻土层还没有化开，翻地都还不能做呢。

天气稍微暖和一些，我们就开始做备耕工作。施肥、翻地是年年开春必做的，所有花果菜一年所需的肥料我们都要在春天施足。翻地之后我又总会急不可待地早早播下花籽，为了保温，还总是不辞辛苦地为它们盖上薄膜，其实晚一些日子露播就可以省去很多麻烦，但我总是急于做这些工作，心里想着明年无论如何都不能再这么辛苦了，但第二年仍然照做不误。这样做的结果仅仅是能早几天看到种子发芽，早几天看到它们开花，其实到了它们开花的时候山里已经是繁花似锦了，那时候谁还在乎早一天晚一天呢？但开春时迫不及待的劳作事后看来并不是十分必要的事情，大概是因为漫长的冬季把人憋坏了，全身的能量需要释放吧。

春天一定是我们每年山居生活中最忙碌的季节，"一年之计在于春"，对大家来说可能仅仅是个概念、说说而已，对我们来说却意义非凡，没有春播就一定没有以后的秋实。

西红柿

施肥翻地

"庄稼一枝花，全靠肥当家"，自从开始山居生活以后，我们变得对千百年传承下来的农谚十分在意，看起来短短的一句话，只有几个字，却是农人们集体智慧的结晶，也是指导我们行动的纲领。通常我们要在翻地之前把有机肥均匀铺撒在菜地和花园里，这样翻地的时候就可以同时把有机肥翻下去，花菜一年生长需要的肥料基本就够了。为了让地更疏松，我们就用牛粪、羊粪，如果想肥力更强，我们就用鸡粪。自然农法的要求是不翻地的，但我们还是愿意遵循千百年留下来的传统，翻地是为了疏松土地，同时把有机肥翻入地下。虽不是特别累也不是特别难的活，但就是挖、铲、翻这样几个简单的动作，对于久居城里、肢体活动很少的人来说也是个巨大的挑战。干完一天的活总会腰酸背痛，但心情总是愉悦的，似乎体力劳动可以解除心灵的烦闷。

一到春天就开花的鸢尾

播种

地翻好以后，就该播种了。播和种其实是两部分，播就是播下种子，种是指栽种花苗、菜苗，或是树苗。

西红柿、茄子、青椒、黄瓜等蔬菜，通常是种苗的，因为这些蔬菜从播种之日起生长的时间会非常长。春天的时候可以通过集市、苗圃、农科院等多条途径找到或者买到菜苗。其中在苗圃买苗最爽，什么时候想要、想要什么种类、想要多少，完全自己说了算；赶集买苗总要惦记着哪天是集，而集市和周末经常不重合，并且只有临近种植的时候才有菜苗出售，每到有菜苗上市的时候，有心种植的人们哄抢一般，在很短的时间内就把菜苗瓜分完毕，所以赶集需要算时间，还需要下手快；农科院的菜苗是蔬菜所的研究员自己做实验用的，品种好不用说，但我们只能用人家剩下的苗，并且僧多粥少，所以也总要惦记着时间，很是劳心。

一年生花卉①以及多年生花卉②都可以通过种子播种。叶菜类的蔬菜也是需要播种的，比如生菜、油麦菜、苋菜等。播种很简单，条播、撒播都可以。若是条播，用锄头挖一条小沟，浇上水，等水渗透以后，把种子撒入沟里，用两边隆起的土把沟填平并轻轻压实即可；若是撒播，需要提前把地浇透，等地不黏手了，把地搂松，将种子均匀撒在地面上，再撒薄薄一层土，稍稍压一下就可以了。相对于撒播，条播的优势在于日后除草方便一些。

① 在一个生长季内完成生活史的植物。即从播种到开花、结实、枯死均在一个生长季内完成，一般春季播种，夏秋开花结实，遇霜后枯死。——编者注
② 一次栽植，能两年以上持续生长或开花的植物。地上部茎叶大都在冬季枯死，而保留地下根和芽，宿存越冬，又称宿根花卉。多年生花卉又分为宿根花卉和球根花卉。——编者注

春雨

春雨贵如油，在干旱少雨的北方，对于有地可以种植的人来说，是千真万确的事。

即便打了井，来自天上的水仍然比地下的水更方便，因为下雨是普降甘霖，可以把角落每朵花、每株草都滋润到。我们虽然打了井，但山上的地下水是有限的，后来随着住的人家越来越多，抽出水的时间越来越短，到后来，一小时不到水就被抽空了。

自从开始山居生活后，每一年我们都像盼星星盼月亮一样，盼着下雨，尤其是春雨，并且希望下得越大越好，因为干旱了一冬的北方土地，太需要一场透雨来滋润了。

阴雨天的周末早晨本是睡懒觉的好时候，可久旱逢雨的我们哪里躺得住，只要碰上下雨，我和先生都是两个人早早就起床，穿上雨鞋到院子里四处转悠。

两个雨水收集池这时便发挥了作用，雨稍大水就满得往外溢。有时候我们实在等不到雨水，就用山下水库的水灌满水池。但经常是人算不如天算，前一天刚灌满，第二天就下一场大雨。

北方的春雨基本只持续半天时间，不像南方的雨那般连绵。我通常会利用雨天赶紧移苗，因为阴雨天是移苗的最佳时机，成活率几乎百分之百。所以雨后我基本都会在院子里忙活，把苗移来移去。

还有一件要在雨前或雨后干的活——撒种。把花种撒在山坡上，而后静静等待鲜花盛开。

春雨下满了水池

  雨后喝足水的花、果、菜就像比赛着一样往上蹿。一下雨，小时候听过的儿歌"下吧下吧我要开花，下吧下吧我要长大"就在耳边回响。每周上山一看，苗真的长了，花也都开好了。

  在山上的时间总是过得飞快，没觉得干什么活就到了晚上。中午我经常贴一锅饼，自己吃一半给北邻一半；傍晚蒸一锅馒头，给南邻一半自己留一半。把食物分享给邻里的同时，往往不会空手而归，经常也收到一盘菜，或是一碗粥，晚饭这就解决了。山上和市里不一样：在市里，一栋楼住了十几年的邻居可能连对方的名字都不知道；在山上，邻里间总是互送自己做的食物，互换花苗菜苗、花籽菜籽，交流种植信息，我们的关系就像是歌里唱的"你有，我有，全都有"。很喜欢这种邻里之间互通有无且其乐融融又温暖的相处方式。

悠闲的夏天

夏天的山居生活不再像春天那样总是要追赶农谚的节拍了，相比较而言要悠闲得多。太阳落山以后，心情好时跑出去拔拔草，累了便缩在屋子里，或者躺在树荫下的吊床上，吹着山风安静读书。不过夏天的花园里也还是有很多工作要做的，修剪、播种是夏天经常会做的工作，而移栽和拔草则是夏天必做的工作。

拔草、修剪，让花园更清爽

一到夏天，杂草像约好了似的会齐刷刷从地里冒出来，其生长速度永远比任何花和菜要快得多。刚刚拔过的草，好像一转身的工夫又会一片片长出来，所以一到夏天，花园的拔草工作总是此起彼伏。

自然农法提倡不拔草，这样做的确可以为某些高大的植物庇荫保湿，但作物还是小苗时，过密的杂草会与花苗、菜苗争夺生长的空间和土壤养分，正所谓"草茂豆苗稀"。除此之外，我和先生每年都要施用牛粪和羊粪，其中夹杂的大量草籽遇水就会萌发生长，尤其进入雨季，一场雨后便是一片草。我通常会在雨后地被雨水浸透稍稍干一些的次日早晨拔草，这时候只要轻轻一提，草就能连根拔起，省去了锄草的麻烦，并且经过中午太阳的暴晒，拔出的杂草会自行枯败。

修剪像拔草一样，也是夏天经常做的工作。夏天是植物生长最茂盛的时候，为了控制某些植物的长势，或者使某些植物的形状更加美观，往往需要对其进行修剪。我去园子里时，经常在兜里放一把剪刀，把长得过高的花打下顶，或是修剪一下长长的树枝。

人虫大战，还花草干净空间

几年的山居生活，我和先生一直秉持不打农药的有机耕作理念，但是各种虫子总是源源不断地袭来，这导致我家的蔬菜花园里总是会上演人与虫子之间的战争。尤其到了夏天，正是各种花和菜快速生长的时候，也正是各种虫子活动最频繁的时候。虫子比人厉害得多，可以上天入地，人如果不借助工具、不使用农药，就只能凭着一双眼睛除虫，仅仅顾及得了看得到的地方。我采取的除虫办法在农民眼中肯定是最笨、最低效的：小的虫子直接徒手解决，大一点的像美国白蛾就得用剪刀，地下挖出来的蛴螬只能用脚踩，还有一种吃花和水果的硬壳虫子，我不知道名字，以上办法都不奏效时它们往往会逃走，我就采取水淹的办法。总之，这几年除虫的实践，把我的胆量也练出来了，只要是我在蔬菜花园里能见到的害虫一律不放过，绝不手下留情。虽然知道凭一己之力与虫子大军斗争实在是敌强我弱，但我依然坚持不打农药的有机做法。不到万不得已，绝不触及这个底线。

夏播，让秋收更丰硕

一些秋菜，比如白菜、胡萝卜、白萝卜等，都是在夏天播种的，"头伏萝卜二伏菜"，说的就是在伏天的时候要播白菜和萝卜的种子，如果种的晚，就很难成熟。在北方，很多所谓秋播的花，比如多年生的蜀葵、松果菊、二月兰等，其实在夏天播效果更好。夏天气温高、湿度大，播种出苗速度快；而北方的秋天则很短，播得晚了就可能因为降温而导致不出苗。

低维护花园

如果你觉得这样的花园工作量繁重，或者你家的花园非常大，又或者你没有足够的精力去料理的话，那就建造一座低维护的花园吧。只要选对了植物，只管坐等花开。

如果你想要种植一年生花卉，尽量选择可以自播的花。只需种植一年，之后它们便可以年年自己播种，自己开花。比如二月兰、翠菊等，就是一年生的花，既省心又美丽。

低维护的秘诀就是尽量选择种植多年生的宿根花，并且尽量选择耐寒、耐旱、耐土壤贫瘠的品种，比如天人菊、金鸡菊、金光菊、猫薄荷、耧斗菜等。这些花基本不需要任何管理，但是每年都可以生长、开花。

一些球根花也可以填补早春花园的空白，比如花葱、番红花、洋水仙、郁金香等，都是不错的选择。

花园里怎么可以没有月季呢？那些攀爬能力强的藤本月季，既可以做花墙，也可以做花篱、花拱门，省心又美观。铁线莲也可以达到同样的效果，而且花色比藤本月季的选择性更多。

铁线莲　　　　　　　　　　　　　　月季，粉色达芬奇

饕餮一夏

人们一般会"苦夏",但我一到夏天食量不减反增,因为菜园供应着源源不断的有机新鲜食材,够我们一家幸福一夏了。

夏天有了充裕的时间,便开始琢磨各种自产蔬菜的不同做法,以便物尽其用。我们在蔬菜园子里种了很多韭菜,等它们开花的时候,就将其摘下插入瓶中,极具观赏性。同时也种了一畦茴香,可以做茴香馅饺子。

新鲜的茴香

新摘的韭菜花

种香草，玩香草

蔬菜花园修建后不久，我和先生就开始种植香草了，比如迷迭香、罗勒、百里香、牛至等，无论是闻其味，还是观其形，都十分美好。经过几年种植的经验，我们最喜欢百里香、迷迭香和花葱，这三样不仅味道好，可以做花草茶，还可以用来烤鸡、烤羊肉，非常实用。

洋甘菊茶饮是香草最简单的使用方法：一壶水，十几朵洋甘菊，加几片柠檬，便做成有淡淡香味的洋甘菊花草茶了。

百里香/罗勒烤小番茄

把小番茄洗干净放入烤盘，剪几支百里香（或罗勒），加少许盐、黑胡椒和橄榄油，放入烤箱，将温度设定为220度，烤约20分钟即可食用。

小番茄和百里香（或罗勒）搭配，烤出来的味道真的很赞，因为用的是已经成熟的番茄，即使生食已经很甜了，烤熟后回味更香。这一大盘就是我和先生一顿饭的量。

百里香烤小番茄　　　　　　　　罗勒烤番茄也是滋味无穷

烤比萨

做比萨相对来说麻烦一些，需要准备的材料很多，除了洋葱是买来的，其他蔬菜均产自菜园。我还添加了别人基本不会用到的黄秋葵，撒了牛至碎和百里香碎，最终做出的比萨味道很地道。

意大利青酱

青酱的原料很简单：炒熟的松子仁、罗勒、少许蒜（也可不加）、少许盐和橄榄油，放入搅拌机搅拌即可。做好后的青酱，混合了松子香和蒜香，罗勒的味道反而不明显了。不过有一点很麻烦，搅拌以后的青酱容易弄得到处都是，刷洗很不方便。

迷迭香烤羊肉

烧烤时我一直用迷迭香、洋葱、酱油佐味羊肉，做出的羊肉串吃过的人都说好，但又都说不上来哪里好。后来和邻居家用烧烤酱烤出的羊肉串一对比，才慢慢体会出香味其实来自迷迭香。迷迭香的香味和羊肉的香味非常搭，混在一起能互相提味。若是吃不完，就将羊肉串放在冰箱的冷冻层，想吃的时候拿出来在电饼铛上煎一下，和烤羊肉的味道差不多，但省去了点火的麻烦，只有我和先生两个人吃饭时就不用繁复操作了。

收获的秋天

秋天来了，春播、夏播的蔬菜纷纷到了收获的季节。果树该采摘了，花籽、花球也该收藏了。收获的喜悦会一直持续整个秋天。

种瓜得瓜，种豆得豆

每年春天，我们都会沿着蔬菜花园的边缘种上各种瓜，比如南瓜、北瓜等，菜园外往下垂直两米的地方是长满槐树的开阔林地，由于许多瓜极能爬蔓和占据空间，那里就成了它们生长的自由天地。先是顺着两米多高、几十米长的墙往下爬，然后往林地延伸。这些瓜实在是最省心的蔬菜，自开春种上就不再需要任何管理，阳光雨露滋润着它们尽情生长。到了秋天，树叶和瓜叶枯黄以后，藏在树丛中瓜叶下已经金黄的各种瓜便一个个冒出来，我们就像捡宝一样开始收瓜。我在上面居高临下寻找并指给先生，他在下面捡拾，然后扔到上面的菜园，我再将其一个个摆放好。整个冬天，这些瓜便成了我们餐桌上经常出现的美食。

摘果子，做果酱

有了院子以后，我们很贪心，把所有北方能种的果树都栽种了，樱桃、苹果、李子、杏、柿子、山楂、枣、核桃、石榴等，几乎应有尽有。到了秋天，收获的季节，小院里总是欢声笑语。我和先生在摘苹果的时候，经常一边摘一边吃，苹果树产量本来就不高，收获的苹果几乎不需要储藏就被我们消灭光了；山楂太酸，我们一般不直接食用，而是做成山楂酱；柿子也是鲜食，我们种的日本甜柿品种优良，既甜又脆，摘下来可以直接吃，整个秋天来不及储藏就被我和先生慢慢吃光了；摘下的核桃不能直接食用，需要把绿衣去掉。在剥去绿衣的过程中，手和嘴都会被染成黑色。

南瓜

胡萝卜

白萝卜

收萝卜白菜

入冬之前，需要把菜园里的白菜铲了冬储，把胡萝卜、白萝卜从地里挖出放到气温较低的室内，或是就地挖个坑把它们埋进去，等吃的时候再将其挖出。以前人们生活贫瘠时，萝卜白菜是当家菜，如今有了大棚和温室，反季节蔬菜轻易就可以得到。饭桌上的蔬菜越来越多，但我们还是喜欢吃白菜萝卜。如今在自家院子可以栽种，这两样菜仍然是首选，虽然有那么多秋菜，但喜冷凉气候的并不多。略微难办的是萝卜白菜出苗时正值一年中最热的时候，虫子们最猖獗，如果不打药，仅靠手工捉虫，杀虫的速度根本赶不上虫子生长的速度。尤其是白菜，虫子都在菜心里面，很不容易捉杀干净，以至于因为我不怎么打药，从未种出过一棵完整的白菜。还好胡萝卜和白萝卜虫害相对少一些，每年都能收获不少。

过冬准备

每年入冬前，北方的蔬菜花园都需要做好准备，要做的工作很多：收萝卜白菜，挖球根，修剪枝条，给果树、灌木、宿根花等浇上冻水。一般十月下旬就开始做过冬准备了，因为不知道什么时候一场寒流过境就会猝不及防地冻死还没有搬进屋的花。

放干水池里的水也是每年入冬前必做的工作，同时需要用粗的水管给果树浇冻水，一般两三个小时就可以忙完。院子里两个水池能蓄约五六立方米的水，足以灌饱苹果、樱桃、石榴、柿子、核桃和枣等树了。每年浇冻水时，都期望它们第二年能多多结果。自诩中学物理学得好的先生用虹吸原理放水，折腾半天愣是没成功，最后居然用嘴吸水管，这才把水吸出来。

如果花园能做覆盖就再好不过了，落叶便是特别好的覆盖物。以前城市的落叶都集中在一起进行焚烧处理，如今雾霾严重，焚烧树叶也污染环境，不知现在采取什么办法清理了。其实用它来堆肥很好，这样环保的处理方式也在一些新闻报道中见到过。

还惦记的另一件事是把大丽花的根茎挖出来。以往的做法是将其挖出后放进已经铺好沙子的箱子里，再搬到不会上冻的屋里。虽然这工作每年只做一次，但找箱子和沙子很麻烦。有一年想了一个比较简单的办法：在菜园里挖深坑，把大丽花的根茎埋入。担心坑不够深，把坑填平后我又在上面加了厚厚的一层土，同时盖了一层锯末。结果大丽花球茎还是被冻透了。

等做完这些工作，才可以安安心心等着冬天到来。

猫冬，蓄势待发

如果你以为园丁猫冬真的是待在家里什么都不做，那你就大错特错了。园丁在猫冬时节仍然十分忙碌，这是积蓄能量、储备知识的转折期。

每年一到十一月下旬，我们就进入了猫冬时光。整个冬天，四个月的时间，一年中四分之一的周末，必须"猫"在家里度过。开始时总是很不习惯，看不到绿色，不能随时随地做自己喜欢的事情，简直度日如年。但理智告诉自己，花园和菜园需要休养生息，人也需要定时沉下心来梳理自己。慢慢地，读书、反刍一年的园艺生活、观摩冬日花园、规划来年的花园生活、选购心仪的花苗或果苗，然后信心满满等待新的一年山居生活的开始。

日常篇

收核桃

都知道核桃的营养价值比较高，所以有了山里的院子后，我首先就想种核桃。核桃在北方是最常见的树种，很容易就能找到。第一次经同学介绍拉来两棵三四年树龄的核桃树，在院子里最显眼的地方挖了两个树坑就将其栽种了。那时我们对院子的设计布置还没有一点规划，基本是胡乱种植。还好当时种的地方比较合适，不需要再挪动。

过了两年，另一位同学又找来两百棵核桃树小苗，说是农大老师培育的薄皮核桃。遂给山上的邻居也分发了些，剩下的几十棵核桃苗被我种在院子下面的山坡上。那时正值春忙，连挖坑的时间和力气都没有，于是花钱请当地农民帮忙挖了几十个坑，这才把核桃苗一一栽进去，挨个浇上水。担心春旱水分蒸发严重，我们又用塑料薄膜给每棵树做覆盖，只可惜最后还是因为山坡土层太薄、土质太差，加上缺水，仅五六棵成活。如今坡上槐树疯长起来，这四五棵核桃树几乎不见天日，只能任其自生自灭了。

我家院子里共有大小五棵核桃树，其中一棵营养严重不足，个头矮小，更别提结果了。最早栽种的那棵第二年就开始结果，但我们从来无福享受，因为不知道树上挂着的青皮核桃什么时候才成熟，所以无法确定具体的采摘时间。等周末过去，才发现果实全部不翼而飞。开始我们以为是当地村民摘走了，心想也不是值钱的东西，能吃就摘去吃吧。后来才发现，"作案"的罪魁祸首居然是松鼠。它们挑衅地把磕掉的皮堆在我家门口，示威一般，让我和先生哭笑不得。我无论如何也无法想象它们是用什么方法把核桃一个个运走的。它们不像人那样能够一个个接力传下去，松鼠个头矮小，必须一个一个地把核桃抱在胸前运走吧？或者一个个含在嘴里叼走？几十甚至上百个核桃对它们来说就是百十来趟的路程，也是个不小的工程呢！

知道松鼠偷吃核桃以后，我打算先采摘一部分供我们自己享用。但由于核桃上带着青皮，还是不知道什么时候才算成熟，于是每周上山就摘两三个打开尝一尝。没吃过青皮核桃的人肯定想象不到剥核桃也是个艰巨的工程，我是用大砍刀把整个核桃拍开，然后慢慢挖出里面的仁。老家在山里的同学建议我可以先从核桃一头最薄弱的地方用锥子打开，我觉得那样也不容易。无论用什么方法，每次吃完都会毫不例外地染一手黑，几天都洗不掉。后来才知道核桃的青皮是很好的染色剂。这样试吃的结果是，我从核桃仁还很嫩时吃起，慢慢地，它们开始变得坚硬，也有了香味。因为担心松鼠抢在我们之前行动，我决定周末先下手为强，尽管我很清楚此时不是适宜的采摘时间，核桃也还未熟透。

不知道种核桃的山民如何采摘，先生为我制作了一个采摘器——在一根长竹竿的一头绑上掰弯的铁丝和丝网组成的小网兜，理想的方式是把核桃拧下来让其掉到网兜里。但事实证明，高高在上的核桃并不好拧。于是，我就用力拉拽，长得结实的核桃也不会被轻易拉下，不得不改用竹竿打，但被竹竿打掉的核桃掉到花丛里更不好找。最后不得不放弃这些办法，直接搬来梯子上去摘，低处能够到的都摘了下来，高处够不到的就留给松鼠吃吧。这时候真恨不得自己也变成一只会爬树的松鼠。

摘了青皮核桃以后，又犯愁了，怎么去掉青皮露出核桃的本来面目？还是问当地村民吧。农民朋友说，有两种办法，一种是把核桃装入密封的塑料袋里，过些日子青皮会自行脱落；另一种是用催熟剂。当然后一种办法被我们否决了，于是我们把采摘的核桃放入塑料箱子里用胶带密封，静等核桃青皮慢慢脱落。

刚摘下来的核桃，还带着青皮

满满一篮子

四棵树只摘了很少一些

第一章　我们拥有了山里大花园

055

将摘下的核桃脱皮、晒干

种木耳

曾见过从木头上长出木耳,但从不知道还可以种木耳,更没想到有一天自己会在木头上种木耳。

有位同学的先生从事食用菌研究工作,有一年冬天,听他说可以在木头上种木耳,我这样一个喜欢种植新奇植物的人对此十分好奇和感兴趣,当场抓着他请教。他说:"很简单,开春你先准备好木头,必须是阔叶树种,若是针叶树种会抑制木耳菌种的生长。"

开春后,我们早早从更远的山上拉来一种叫作菜木的树干,学名应该是柞木,而后晾晒了两个月,菌种终于培养好,可以开始种了。

木耳菌包

把菌种一点点放入洞眼，压实即可

先生正在木头上钻眼。一根木头上要钻无数个洞眼，专家说木耳产量多时会布满整个树干，到时用手一抹就是一大块，我希望真的有那么一天

　　种木耳本身并不复杂：在木头上打眼，放入菌种，再把木头放到阴凉的地方，而后静静等待，秋天、第二年春天，以及以后三年木耳都会自己从木头里长出来，中间不需要任何管理。但种木耳的过程很耗时，需要在每个木棍上钻三排、无数个洞眼，再把菌种一点一点放进去压实。十几袋菌包，我们自己无论如何都用不完，于是把菌种分送给南北邻居。大家都对自己可以在木头上种出木耳非常感兴趣，于是每逢西山的周日，电钻声此起彼伏。

"偷"睡莲

水池里怎么可以没有睡莲呢？山居的几年，入冬前因为担心水池被冻裂，总要把池子里的水放干净，睡莲留在池底一般不需要特别的照料，春天自己会发芽生长。有一年以为池底的睡莲还会像往年一样如期生长，但看着左邻右舍的睡莲都含苞待放了，我家的睡莲还没任何动静，才意识到是刚过去的极寒冬天把睡莲冻死了。

惦记着去花卉市场买睡莲，可总也不得空。周末在山上劳动的间隙，便开始去左邻右舍家踅摸。南北邻居家的情况都是水池大、睡莲少，不好"下手"。其实睡莲是可以分株的，但那时候忘了，左邻右舍更是不清楚。好在西邻家还有一个大水池，正好有两大丛睡莲，我拔出其中的一丛看，几年前种的一株睡莲现在已经一分为八了，差点把盆撑破，其实这样的睡莲早该分株了。于是我把睡莲从水里提出来，企图掰下其中一部分，但它们完全纠缠在一起，难舍难分。我先是蹲着，后来担心自己用力过猛会栽进水池，于是索性整个人趴到水池边，拼出全身的力气，用了十几分钟才把其中的两个芽掰下来，而后分别绑上石头，拿回我家扔进水池里。不到半天的时间，两棵睡莲的叶子已经平铺在水面上了。

山上左邻右舍的关系与城市完全不一样，说亲如一家一点都不为过。我和先生在山上时经常和邻居互通有无；等回到城里不在时，邻居家有任何需要经常是先斩后奏。西邻由于工作太忙一年到头上不了几次山，他家装有监控摄像头，我没有告诉他挖睡莲的事，等哪天他回家打开摄像头看到我"偷"挖睡莲的全过程一定会乐翻天。

池中的睡莲

柴火灶

山上有源源不断可以烧火的材料：平时修剪下来的树枝，做木工剩下的边角料，都可以当柴烧。柴火燃尽产生的灰还是上好的钾肥。我们经常用大锅熬粥，或是做大锅菜等，柴火灶烧出的饭的味道是其他灶具所不能比的。柴火灶几乎是山居生活的标配，是我们的基本生活工具。那几年它一直陪伴着我们，带来了很多便利和快乐。

用柴火灶做饭非常方便，点燃一张报纸做引火，混合干树枝，很快就可以燃起一膛炉火。如果添加大块的木头，人也不必守着柴火灶，可以一边添柴一边做自己的事，等事情做完，一锅饭菜也做好了。因为炉火要持续很久才能完全燃尽，所以不必着急灭火。慢慢燃尽的柴火熬出的粥才最黏糯、最好喝，也最有小时候的味道。如果饭里烧出了锅巴，也是惊喜之一。

我们的可移动柴火灶。以前是铸铁的炉灶，时间久了容易坏，现在是废弃液化气罐一切两半做成的炉灶，用一辈子都不会坏

由于有烟囱抽风，这种移动式柴火灶非常好用，点火就着，火苗经常会从一米多高的烟囱里蹿出来

　　也许是因为儿时的记忆刻在脑子里，那时吃的都是用柴火灶做出的饭菜，所以山居生活首先要准备的就是搭个锅台烧柴做饭，后来在镇上见到可以搬移的柴火灶立马就买了一个。大锅菜、蒸包子、炖鸡、炖鱼、熬粥，柴火灶样样行。奇怪的是，同样的食材，用柴火灶做出的味道跟厨房小锅里做出的就是不一样，不仅美味，还吃出了小时候的余味。难道是因为熬制的时间长？抑或是因为柴火的味道慢慢渗透进了饭菜里？

　　家里客人多的时候，我们通常会选择烧烤，或是用柴火灶做饭，因为这两种方式的参与性都很强，可以同时满足多人一起吃饭的需求。大家对柴火灶的新鲜劲儿比烧烤更强，每次都是你争我抢要做烧火的人，一边添柴，一边闻着大锅里溢出来的饭菜香，十分有成就感，同时又非常惬意。尤其天凉的时候，烧火的同时也被火的温度包围，手脚的温暖也直通内心。饭菜做好后，大家一人端一碗菜，或蹲、或坐、或站地围在一起吃，更是十分有趣的体验。

　　所谓的慢生活，大概就是这个样子吧。

玫瑰酱 & 玫瑰茶

多年前曾在一本杂志上看过一篇文章《不能遗忘的餐芳往事》，对其中描写的鲜花入馔充满好奇，觉得非常浪漫，也十分向往。如今自己种了这么多花，自然不会放过餐芳的尝试，于是就先从玫瑰开始了。本来是要做玫瑰糖的，结果做成了快乐农妇版的玫瑰酱。

清晨把含苞待放的玫瑰花瓣摘下来，洗去尘土，晾干里面的水

把玫瑰花瓣和糖放入石杵里，像捣蒜一般将其捣碎成酱状

还有一种方法，就是找来一个玻璃瓶，在最底放一层糖，然后放入玫瑰，再放糖，再放玫瑰，一层层往上码，直到快满时用一层糖封口，盖好盖子密封保存。等糖完全沉下去后搅拌，而后拧紧瓶盖继续放置，等过一段时间继续搅拌，放置，这样做成的玫瑰酱可以长久保存。不过时间久了玫瑰酱会变成深紫色。而用我说的第一种方法做出的酱是玫红色的，更漂亮。

做好的玫瑰酱，可以佐餐，可以直接吃，也可以冲水喝，怎样享用都可以。

泡制玫瑰茶更是易如反掌，直接采摘了玫瑰花瓣冲水即成。淡淡的玫瑰香特别好闻，邻居喝了以后也去花市买了两棵玫瑰。喝玫瑰茶的时候，我经常是边喝水边吃里面的花瓣。

南瓜花天妇罗 & 炒南瓜藤尖

天妇罗，不是某个具体菜肴的名称，而是日式料理中油炸食品的统称。具体做法是用面粉、鸡蛋与水和成浆，将新鲜的时令蔬菜裹上浆放入油锅炸制，吃时可蘸料。南瓜花天妇罗，说得通俗点，就是油炸南瓜花。

南瓜本身是非常好的蔬菜，集中精华的南瓜花更是不可错过。我家种植的南瓜秧爬满了一面墙，南瓜花更是不计其数，与其任它们花开花落无人知，不如做成美味填进肚子里。

南瓜是很能生长的一种瓜类，如果让它的藤顺着墙或者就地自由游走攀爬，一棵就可以爬满一大片。将南瓜藤的尖掐掉用蒜末炒一炒，也是一道色香味俱全的菜，并且整个夏天这种食材都源源不断，随时可以炒来吃。

做天妇罗的时候，把叶柄摘下来　　　　裹上鸡蛋面粉，下油锅炸，捞起，即成

南瓜花还可以撕成小片，放盐、放蜂蜜调味，都很可口

包饺子

猫冬时我和先生常常包饺子，差不多一周一次。常做白菜馅和南瓜馅，加一点韭菜调味，再加些肉馅或剁碎的大虾，薄皮大馅，煮出锅咬一口唇齿留香。在我心里，世界上最好吃的美食莫过于刚出锅热腾腾的饺子，吃完再喝碗饺子汤，就是俗话说的"原汤化原食"。

围桌包饺子的场景总是特别温馨。如果只有我一个人，就静静地擀皮，静静地包，手中忙而不乱，脑子则信马由缰，思路早不知道跑哪儿去了；如果是我和先生两个人，则做好分工，一人和面擀皮，另一人仔细地包，有一搭没一搭地闲聊着窗外事和眼前事，就这样，相伴走过一年又一年，时光也从身边缓缓流过；如果是和亲友一起，则有专门和面的，还有专职擀皮的，其余人便坐在一起包饺子，有说有笑，好不热闹。

这么多年，吃过大小饭店无数种馅料的饺子，还是觉得自己包的最好吃。我想，除了包饺子的材料安全新鲜外，更重要的是这些饺子里凝结了自己、家人和朋友之间的感情。

做木工

山居自然需要一些必备的家具，我们的乡野居所本就是周末才来小住，再加上我和先生在经济上并不是十分宽裕，他突发奇想说要自己做家具。开始我还真没往心里去，谁都会有冲动的时候，可真正坚持下来的能有几个？我只当他是说说而已，没想到他来真的了。先是买来几方松木，从碗柜、鞋架开始做，后又做了吃饭用的大桌子和六把椅子，这套桌椅几乎和家具市场上卖的差不多，这也为他赢来无数夸赞。自此，先生做木工的兴趣越来越浓。

山居生活以前，从未发现先生有做木工的潜质，往上追三代，家里没有任何人从事过木匠的工作，他对木工的兴趣完全是从山居生活开始的。几年间，他陆陆续续添置了一些木工工具，又买了几方山榆木，我把山上最大的房间——以前我们俩住的卧室——给他腾出来，做了木工房。先生除了春天要帮我翻地施肥外，山居生活的几乎所有周末，他都是一个人在木工房里敲敲打打，几年时间居然做出了小到托盘、木表、小菜板，大到门厅柜、大床、大衣柜甚至橱柜等一系列木作，并且做工越来越精湛，俨然一个标准的木匠。不仅如此，由于山居生活的不便，几乎所有的活计他都要DIY，几年下来他已经集木工、管工、瓦工、电工、农夫等于一身，成了一个几乎无所不能的人。先来看看这一桌六椅，我总结了以下特点：平、滑、美、壮、环保、实用。

平，桌面需要几块板拼接在一起，第一次做时，桌子拼接的板子高低不平。但这张桌子做好后桌面很平。说起来容易，真要做起来其实挺难的。

滑，这次打磨和上漆都做得非常好，摸起来滑润，边边角角都打磨成了圆弧形，一点都不扎手。但其实打磨也没少费功夫。

美，木材不同，纹路也不同。老榆木的天然花纹非常美，比松木的花纹好看。

带手柄的小砧板

  大件家具做好以后，先生开始做一些小的木作。最早做的是小砧板，因为常在家居书里出现，我很早就中意了。酷暑过去，秋风袭来，等木头不再潮湿可以刨板子的时候，先生开始满足我的要求，做起了砧板。

  开始我们都以为，这么小一块砧板，做起来肯定易如反掌。等到做时几乎翻遍了家里存着的所有木头，才找出一块"可用之才"。做砧板的木头必须同时达到一定的宽度、硬度和厚度，并且不能有太多的瑕疵，比如有些木头上有"疤痕"就不行。足够宽的板子就意味着要选择比较粗大的树，而从一棵原木上切割木料，外侧割下的板材肯定不如靠近树心部分的那么宽；可树心的木头又不如外层的密实，越靠近树心的木头越不适合做砧板，所以一棵树能做砧板的部分并不多。太软的木材，比如松木，或桐木，根本不能用。我家的老榆木都是以前檩条切割成的，比较窄，也不适合。

等找到了合适的木头，先生便开始在上面画图。因为要做一个带手柄而不是任意形状的砧板，他便精益求精，把手柄的两边做得十分对称，并且手柄要与砧板比例协调。为此，他先剪了纸样，然后按照纸样将其拓在要做砧板的木头上。

接下来就简单了，切板、刨板、打磨……一个带手柄的砧板就诞生了。只是加了手柄，也感觉与普通砧板完全不同了。普通四方形状的多放在厨房切菜切肉，只具备实用性；现在加了手柄，随时可以拎到任何地方，不仅可以用来切东西还可以做容器，甚至，还能做我的拍摄道具。

砧板做好后，先生又开始为我做木托盘，因为餐桌和茶几上都会有一些小零碎，散落着显得很乱，而收纳到托盘里看着要整齐得多，也便于拿取。

老榆木板子放在家里真的看不出有任何特别之处，因为都是以前老房子拆下来的檩条切割成的板子，比起那些宽厚的新榆木要显得老旧和单薄得多。从老房子上拆下的檩条，细算起来该有百十年历史了，曾经普通百姓家的栋梁之材，几十年过去，没有被遗弃，没有消亡，经由先生的一双巧手，立马就变了模样。自然天成的木纹，温润的手感，沉甸甸的质感，岁月洗练的沧桑感，都集中在一件木作上。爱不释手这个词，用在每一件老榆木木作上都再合适不过。

后来先生又做了五斗橱、橱柜、多用架、写字桌、百变置物架等大大小小的木作，积累了很多木工制作的经验，为之后的小山居造家打下了良好的基础。

木托盘为山居生活增色不少

这次用了斜切和贯通榫，更结实了。
木托盘用来装水果或者零碎都非常好，老榆木的花纹不仅美观，还可以看出故事来

"有故事"的木托盘

第一章　我们拥有了山里大花园

五斗橱

摆放在客厅用来收纳杂物的多用架

山里的

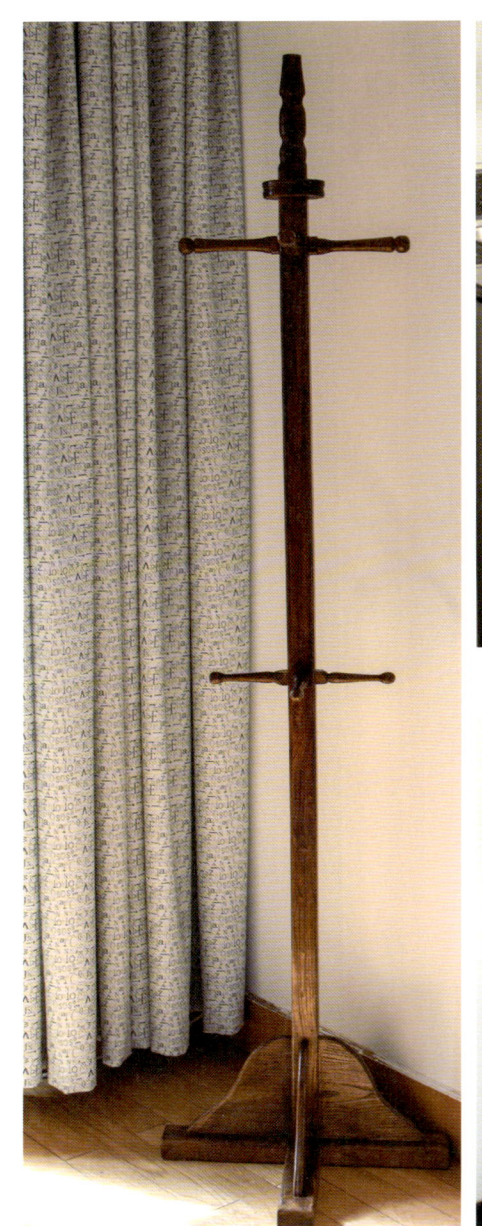

花园生活

橱柜

简易衣架　　　　　　　　　　百变置物架

第二章

进阶

小花园

第一节

告别与开始

2013年某一个深秋的周末，我和先生还是像往常一样在山上度过，但这个深秋的周末与以往不同，除了做过冬准备外，我们还在跟这个建设了七八年的山居花园慢慢告别。

周日早上睡到自然醒，看着窗外秋日暖阳下满院子生机勃勃的花草果树，忽然又想到一直纠结的关于卖不卖房的问题。到菜地转一圈，看到不久前栽种的两棵野生猕猴桃居然都成活，肆意生长的树莓；水洗过似的湛蓝的天空，心里忽然生出很多不舍。七八年了，这里的房子早已不再单纯是房子，而变成了我们的另一个家。蔬菜花园里的每一朵花、每一棵树都由我们亲手栽下，然后像照看自己的孩子一般看着它们长大、开花、结果。七八年间，除了冬天之外的几乎所有周末我们都在这里度过，除了提供给我们珍贵的有机蔬菜和同样珍贵的清洁空气以外，最让我想不到的，是这里的山居生活会有一种能让我们心静如水的魔力，仿佛会瞬间忘了世上的一切纷扰，眼里只有静默而具有强大生命力的植物。在如今这个浮躁的社会里，内心的安宁和发自心底的、持久的、真正的快乐，是金钱买不到的，也是最珍贵的。

山居这几年，与其说我们过上了丰富的物质生活，倒不如说我们获得了恬淡的生活方式、与世无争的处世态度，还有富足愉悦的精神世界。

2014年3月9日，是值得写上一笔的日子，因为这一天我们正式把山上的宅院易手他人。从这一天起，山中大院的花园生活彻底结束。

2006年，人们对带小院的房子还不是很感兴趣，因为一般这样的房子远离市区，交通不便。我和先生却对庭院情有独钟，于是以很低的价格买了太行山上一南一北两处带院子的房子。只是南面的院子既大离市区又远，北面的院子虽然小，但离市区近。没承想近而小的这间房子八年后才交工，而这八年，山中的大院子便成了我园艺启蒙和成长的地方，也成了先生开始木作并练习木工手艺的地方。

很显然，我们没有那么多的精力兼顾两处，而在两者之间做选择的时候，所有的朋友都劝我们放弃大而远的那处山居，理由是随着年龄一天天增长，还是住近一些方便。对此，一开始我坚决反对，原因是舍不得！那里有我们亲手栽种的一草一木，每一棵树、每一朵花背后都有一段故事；那弯弯曲曲的石板路也是我和先生一块一块地把石头搬来铺就的。像熟悉自己的每一寸肌肤那样，我早已熟悉院子里的每一寸土地、每一个角落，闭着眼睛都可以脱口而出每块地分别种着什么。这院子里的一草一木，就像我的孩子一样。

但亲朋好友都在反对，这慢慢让我动摇。先生看我的态度发生了转变，就在一些论坛上发布转让大山居的消息。巧的是，不久就被有同样需求的人看到，这一家人也喜欢山居生活方式。于是，万般不舍中，我还是决定将最爱转手他人。

我在卖与不卖之间纠结了不短的时间，而那时正好是猫冬时节。于是我一边猫冬，一边不断地说服自己接受小院子，同时开始小花园的设计，力图利用好每一寸空间，并向空中发展，尝试立体种植，做好美化，以使我的园艺梦不因大院换小院而结束。最终，我接受了。因为我发现，小院子一样可以大有作为，并且不必把花搬来搬去，能免去很多麻烦，同时还可以种很多在大山居生活时不能多种的花，比如多肉、天竺葵等。先生也有了一间独立的、冬暖夏凉的、可以天天下班做木工的、真正的木工房。

转让的时候正赶上寒冷的三九天，换作冬天之外的其他任何时间我可能都舍不下我的大花园。但一切大概就是天意。于我们而言，其实就是换了一个休闲娱乐的场所，我的园艺生活还可以继续，先生的木工生活也不会中断。而任何物质甚至金钱带来的快乐，远没有园艺和木作给我们带来的快乐多且持久。

自此，我们的漫漫造园路和造家路正式拉开序幕……

第二节

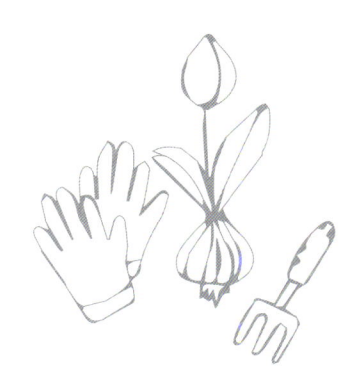

以心造园

　　从2014年春天开始，当我们把大山居易手别人后，没有歇息，马上就进入了小山居的漫漫造园造家之旅。

　　小山居依然坐落在山上，依山而建。乍一看小院平平整整，被一层土覆盖着，比以前大院子刚接手时全是裸露的板岩要好得多，但一镐下去就会碰到无数大大小小的石块，依然还是建筑垃圾遍地，因此我们首先要做的工作便是换土。

换土

如果不是自己布置花园，根本不知道这年头土会变得越来越金贵，尤其是在北方山区。我们的小山居需要爬坡，大车上不去，小车装土少，于是找土和找车成了开春花园建设第一个要啃的硬骨头。

每次上山，都会不自觉地在路边踅摸，看看沿路有没有施工的地方可以顺便买些土。当我们看到一个大别墅的施工工地时，便找到负责人，简单询问了买土的事，负责人很爽快就答应了。还没高兴一会儿，人家一听要送土的地方，不干了，虽然距离并不太远，但没有任何一辆大车能上去，给多少钱都不行。所以我和先生周末两天时间基本都是在联系车中度过。找了无数辆车，最后都没有办法把土运上山，只好放弃。

但天无绝人之路，在回小山居路上有一个开沟施工的现场翻出不少土，一问价，好几千，但我们已经别无选择。工人们用小三轮花了整整一天时间才把我们要的近五十立方米的土运上山，心里的一块石头才算彻底落地。

拉来的土基本是生土，需要改良。根据几年的种植经验，我们决定前后院的土用增施有机肥来改造，屋顶和盆土用田园土、泥炭、蛭石加羊粪混合。羊粪比牛粪肥力壮，比鸡粪虫害少，且疏松土壤的效果更好，所以我们决定用羊粪改土。幸运的是，我们在当地找到了一家养羊专业户，可以随时免费取用羊粪。东北泥炭土是从东北运来的，打了很多电话才找到一位卖家，因为我们的需求对他们来说太少了。蛭石运了一车，因为它可以做楼顶保温，还可以改良土壤。由于不清楚一袋蛭石的量有多少，我和先生定了一车，等送到后才发现已经远远超过需要的数量。

这几年因为饱受换土之苦，加上园艺实践，越发体会到花和蔬菜长好的必备条件之一是土壤质量必须好，所以花园开建前我们就下定决心要换土，多难都不动摇，只是没想到换土的工作会持续这么久。前后院需要"挖地三尺"，且换土需要的田园土、泥炭、蛭石和羊粪需要一一找来，因为只有周末我们才有整块的时间做换土工作，而同时还有很多其他必须做的工作在等着。不过好在这一切终于都结束了。

有了土、泥炭、蛭石和羊粪以后，瞬间觉得自己很富足，那些日子经常像小孩过家家似的把这四样东西混来混去，装入种植袋、装入种菜盆、装入花盆里，同时把买来的各色矾根、玉簪和各种菜苗栽种进去。有了这些原材料，再也不愁买了花没有好土种，买了菜苗没有地方种了。这些工作一一结束后，我们惊奇地发现今年种植的菜苗比在大院种植的任何一年都要多，小院种植的空间不但没有减少，反而比过去增加了。

过去的这些日子，忙碌是肯定的，周末经常累得浑身像散架一般，吃完饭倒头便睡，以前的入睡慢、中间醒等睡眠障碍不治自愈。还有一个意外收获，积攒了一个冬天的赘肉在没有采取任何减肥措施、饭量不减反增的情况下，一点点消减了下去。看来劳动的确是失眠和减肥的良药。

园路铺设

虽然很多人想在花园的每个空间都种上花，但这里毕竟是休闲的场所，是身心放松的地方，所以硬质地面和园路是必须要有的。只是我不喜欢满院硬化，因为再好的花盆都不如地栽让植物更能接地气。

做庭院铺设首先遇到的问题是材料的选择。市场上可选的材料很多，红砖、蓝砖、耐火砖、石材，甚至枕木等，原则上材料不应该超过三种，铺法也不可形式太多，否则会眼花缭乱，喧宾夺主。

在开始花园园路和庭院的铺设前，我最初的想法是：第一，要先确定好园路铺设和庭院硬化的位置，因为一旦确定位置并建好，再改的可能性就不大了；第二，尽量用天然材料，比如石材、石子和木头，材料加工的环节越少越好；第三，不同的铺设区域在铺设方法上尽量有小的变化，千篇一律容易审美疲劳；第四，无论用什么铺设方法尽量能透水，这样下雨的时候不会积水，同时又可以把雨水及时补充到地下。

开始先生建议用石材，我也不反对，但石材种类很多，价格也不便宜，并且没有我想要的颜色和质地，我更钟情于耐火砖或透水砖，但是耐火砖颜色偏黄，透水砖质地又不够硬，担心用久了就不耐磨不抗压了。其实我心里一直有一个愿望，就是用老房子上拆下来的旧砖做园路铺设，但也只是想想罢了，如今老房子都拆得差不多了，到哪里去找旧砖呢？然而幸运女神依然眷顾着我，有一天一位朋友到我家看内装情况，我无意中说了自己对庭院铺设的想法，他说他那有旧蓝砖，问我想不想要。我一听像捡到宝似的，立马答应，必须要！第二天就去朋友那用车把蓝砖拉了回来。于是，就有了我家前后院用旧蓝砖铺设的园路和硬质地面。

后院编篮式铺设　　　　　　　　　前院人形竖铺

因为朋友送来的砖多，后院采用了编篮式竖铺法，这种铺设方法美观且结实。有朋友说这种编篮式铺法和故宫及恭王府地砖的式样一样。

前院是人字形竖铺法。听说"古代的院墙内景铺地也经常有铺成人字形的，并有以下说法：一是家中人行走立于'人'之上，寄托着成为人上人的愿望；二是人上有人，是为'众'，寓意着后代众多，子嗣兴旺；三者，将其视作雁行阵，寓'归'意，期盼离家之人早归"。人上人的想法倒是没有，美观结实确是我们的首选理由。

花园里还需要有一处休闲的地方，一般也是花园的视觉中心，因为旧蓝砖不够用了，所以换了耐火砖来铺。耐火砖与普通红蓝砖或透水砖相比，硬度高，铺在花园里不容易磨损。这处休闲之地用了耐火砖平铺的方式，铺好后我们还在这里搭配了一把花园椅，休闲的功能立马就凸显出来了。

后来，我们在椅子背后的墙上种了藤月和紫藤，每到春天花开之时，这里就成了花园的焦点。

花园门

没有门的院子始终缺少安全感，所以安置好木工工具以后，先生在新山居做的第一个木作，就是花园门。

做之前看过很多花园门的效果图，也想象过自己家花园门的样子，高大厚实的大门不是我们要的效果，但是太过简陋的木门又不入先生的眼。最终，他结合家里花园门柱的高度和宽窄，自己做了一个式样，没有参考任何图案也没有任何可借鉴的经验，总体感觉还不错。

防腐木的门、栅栏等通常都是漆成深浅不同的咖色，很多甚至不用上漆直接就是木本色，因为防腐木大都用药剂浸泡过，木头上泛着绿色，颜色越深的漆越容易遮盖这种土绿色。卖防腐木的曾告诫我们，这木头是刷不了白漆的，可我俩明知山有虎偏向虎山行，白门、白栅栏一直是我想要的效果，不试怎么知道不行。于是那一年的端午节小长假，我变成了粉刷匠，一遍一遍往木门上刷白漆，虽然不像刷在家具上那么白净，但最后反倒成了意想不到的做旧白，这其实才是我真正想要的效果。

用时：三天
材料：防腐木
油漆：白色户外木蜡油

先生在做花园门

花园门

第二章　进阶小花园

089

木栅栏

利用山居的早晨和夜晚,加上周末,我们把木栅栏做好、安装,并刷上了白漆。因房子是依山而建,所以围墙就变成了上下错落的外观。墙面上是开发商粘贴的石材,这给我们安装木栅栏增加了极大的难度,尤其是固定几个立柱,每打一个眼都要花很长时间。相比之下,钉横竖木条的时候简直易如反掌,只需要量好尺寸,简单操作几下就完工了。

木栅栏刷漆这活由我来做,给户外家具上漆不像室内家具要求那么高,不需要打磨,更不需要多精湛的技术,只需要一遍一遍地刷,直到把原来木头的颜色完全遮盖为止。这个活计虽然没有什么技术含量,但因为木栅栏的边边角角很多,刷起来特别费时费力;而且户外油漆也算是有害物质,在热辣辣的太阳下做这份工作真是不容易,周末的时间基本都被刷漆占用了。

在原木色和白色之间我们依然选择了白色,只要想想将来院子里的欧月、铁线莲等花卉环绕着白色栅栏,就觉得很美。

因为与东邻入户门相距太近,所以选用格栅作遮挡,无论从哪个角度看效果都很好。

木栅栏

铺门廊木地台

刚接手小院的时候，房前只有很窄的散水，为了方便在花园休闲和行走，我和先生决定在房前铺木地台。但有三个问题比较纠结：第一，门廊宽度多少合适？第二，地台用什么颜色？第三，要不要廊柱？我们先用九块防腐松木板比画，总有多一块嫌宽，少一块嫌窄的感觉；对于木地台的颜色，我觉得原木色就很好，附加其他颜色可能会显得多余；如果房前门廊够宽的话，建几根廊柱是不错的选择，铁线莲在上面生长攀爬会更好看，可问题是小院不够宽。先生首先垒了两行砖，然后在上面搭横撑，再把防腐木一块一块放在横撑上铺平，最后打上钉子。刷了三遍木油，门廊木地台就算是做好了。没有廊柱确实感觉少了点什么，但加廊柱难度比较高，另外门廊确实也较窄，互相搭配可能会不协调。

至此，花园硬件基本做完，先生的工作即将转入室内。室内木活远比室外多。

门廊木地台

小小花园初建成

花园生活早已成为我们日常生活中不可分割的一部分。一般经验是先造家后造园，但我们反其道而行之，因为我不想因变换地方让八年的花园生活就此中断。所以一开春，我和先生就急急忙忙地按照前一年冬天早已安排好的造园计划，开始修建花园。

先造前花园。房前的花园很小，只有60平方米左右，但小小的前花园背风向阳，很适合种花，同时可当成我们小山居的门面。造花园的过程中，任务最艰巨、花费最大、持续时间最长，但也最值得做的仍然是彻底换掉院子里的土。好的土壤是养花种菜最基本的要素。土、光、风、肥、水这些植物生长的必备元素中，土和水是最基本的。

换好了土，又在小花园的中间开辟了一条弯曲的砖铺小路，把小花园分成了南北两部分，既便于种植，又便于在小路两边形成花境。至此，我便匆匆忙忙开始种花。先沿着围墙边种了一圈月季，在月季中间又种了几棵铁线莲。可后来，事实证明，把铁线莲种在长势旺盛的藤月中间是个错误的做法。原以为铁线莲比较柔软的枝条可以穿过月季强硬的枝条形成两者互生的和谐场面，但事实却是月季的长势太旺，基本没有铁线莲生长的空间。为了能尽快让花园名副其实，也为了免去以后年年播种的麻烦，我大多选择宿根花，比如鼠尾草，有蓝山和雪山两个品种；还有各种萱草、绣球等。在花园的西南角，我也种了一棵冬红果。花灌木是园林景观不可缺少的一种灌木类植物，比如猥实，由于我家的花园小，所以只种了一棵。

因为大山居那八年的花园生活经验，小山居花园很快就建好了。

花园建造其实并没有想象中那么难。从最初做计划，到花园基本建造完毕我们用了不到半年时间，并且都是利用下班后和周末，除了有一位当地的

小花园

农民朋友被我们雇请来做了一些我们不擅长的力气活之外，大部分工作都是我和先生亲自完成的。干活的时候我俩边干边笑，自嘲我们都是属小蜜蜂的，干起活来不知疲倦。但回过头来看，所有的付出都有回报，一切都是值得的。

花架

花架之于花园，虽不是必备之物，但有了它，犹如画龙点睛。且不说每个花园至少都会有几棵爬藤植物，而花架就是它们的栖身之所，即使花开败了，放置在花园合适位置的花架本身也会成为花园景观的一部分。

修建花园之初，我在各个角落都种上了可以爬藤的铁线莲和藤月，随着它们一天天长大，往哪里攀爬成了一个大问题。虽然之前做了木栅栏，但考虑到庭院的整体效果，木栅栏做得比较低矮，根本不够铁线莲和藤月使用，一棵藤月就可以爬满整面的木栅栏，所以做花架便成了当务之急。

刚开始做了一个高2米、大直径的花架，但放进花园显得过于突兀。于是又将高度减了30厘米，直径也缩小了，尺寸这才合适。所以花架并不是越大越好，要视花园大小而定。对小花园来说，即使再大的花架最终也会被生长的植物所掩盖，放在花园中央也不协调。

花架的木料用的还是防腐木。

对于花架的颜色，我选择了红褐色，其实我更喜欢灰蓝或橄榄绿，但没买到合适的色浆，考虑到白栅栏和以后满园的红花绿叶，红褐色也很搭。花架的颜色要根据花园的性质和大小而定，大花园和以绿色为主的花园其花架的颜色可以缤纷多彩，因为花架本身就是非常好的花园点缀；但小花园或植物颜色过多的花园就不适合搭配五颜六色的花架，容易抢了花的风头。

盛开的藤月爬满了花架

多肉扮家

喜欢养花的人，大多估计会跌入"肉坑"。而我，万万没想到是因为爬山时拖回一棵朽木而开始种植多肉。

某个周末我与邻居一起去爬山，半路看到一根朽木，瞬间便喜欢上了，于是脱离上山队伍先行下山，只为把朽木拖回家。那时就打算一定要在朽木上种满多肉，没想到这个愿望很快就实现了。

多肉让枯木逢春。逐渐地，我家的旧锅里、钵里、杯子里就到处都种满了多肉。自己入坑还不够，我把好几位朋友也拉下了水。

之所以迷上多肉，大概有以下几方面原因：第一，开始山居生活后因为每天住在山上，有了充裕的时间可以摆弄多肉。第二，山居比在城市有足够和更合适的空间养多肉，北方一年四季气候分明，温差也极大。住在高楼里冬天可以养，度夏却不易，而在山上就方便多了，冬天可以把它们放在屋里，夏天可以放在室外吹着山风，或者随便放到哪个庇荫的角落都可以。第三，山上资源丰富，漫山遍野的树林里藏着太多可以种植多肉的容器，比如枯木。而居于山野，出去爬一趟山就可以顺手捡一根枯木回来，用作多肉的容器。第四，也是最重要的一点，多肉本身具有不可抵挡的吸引力。它长得萌，尤其变色后更漂亮；叶插很容易，繁殖起来没有任何难度；好养活，多肉耐旱的习性，让很多不擅长养花的人可以轻而易举掌握种养技巧……

第二章 进阶小花园

多肉

化平凡为神奇——两堵灰墙的华丽转身

花园装饰作为造园的一部分最难也最有发挥空间。花园的每个角落都可以被装饰，方式有很多，一面墙可以画彩绘或用藤本绿植覆盖，还可以格栅来美化；一棵树上可以挂一个风铃，也可以做一个鸟窝放上去。

我们的小山居依山而建，西高东低，西邻比我家高出整整一层楼，这样在我家前后院的西侧分别形成一堵高5米、宽7米的高墙。墙由石头砌成，整体是灰色的，远看近看都很暗淡。

开始造园的时候计划是在墙根种藤月，并种下了路易欧迪和另一棵记不得名字的藤月，后来又种了两棵紫藤，希望不久后这里可以成为花墙。但考虑到花期过后，或者冬春花园里百花凋零之时这里还是会光秃秃的，而我和先生想要让这里一年四季都可以成为花园的焦点。这便促使我们有了在这面高墙上做门和窗的想法。

说干就干。先生一开始担心在石头上没法打眼，所以他做的第一件事就是先拿电锤尝试在石头上钻出洞，没想到比想象中要简单，可以打眼固定，剩下的工作就好做多了。

先生先用我们积存的榆木条钉门，这对他来说小菜一碟。因为一直特别喜欢外开的木窗，既是风景又有实用价值，所以窗户加了外开的窗扇。由于山居的所有窗户都很大，此前这一想法一直未能成行，没想到会用在这里。窗户做好了，紧接着做了一个木窗台，这才是完美的组合。窗台可以放花，这里便可以轻易成为焦点中的焦点。

西墙一角

  装饰的门窗具体刷什么颜色是个大问题。因为这堵墙是灰色的，我们想用亮色来装饰它，想让春天在花园永驻，所以选择了草绿色做主色，最终的效果我们很满意。

西墙变身花瀑

　　只需三年，灰墙就能变成花瀑。而你要做的就是在墙根种一两棵藤月，开春入冬各埋一次鸡粪，春季把枝条横拉，隔一两周浇一次水，普普通通的一面墙，就可以化平凡为神奇。

西墙与小花园

我家的后花园是我们一家花园生活的主要场所。后院遮阴，夏天凉爽，还有一大片旧蓝砖铺出的空地便于活动。园外是一大片树林，很安静。

遗憾的是，后院那堵西墙依然很暗淡，为了美化它，建花园时就种了不少三叶地锦，但植物生长需要时间，没有三四年的功夫地锦是爬不满西墙的。一段时间后它们长起来了，但大都抓不住墙，有时风一吹，本来长了很长且已经能抓墙的几根枝条就被吹了下来。事后才知道地锦喜欢粗糙的墙面，因为粗糙的墙面上有很多空隙，地锦的"小爪子"可以伸进去；而越是光滑的墙面，地锦越是无处下"爪"。这就导致这堵西墙仍然是光秃秃的，于是我想到了那扇闲置多年的木门。

一般住楼房带地下室的人家里大概都有木质的小房门，我家自从换了防盗门，之前那扇木门已经弃之不用十几年了，想不到有一天它会重新派上用场。买了一桶二十元的蓝色漆，用了不到半天时间就把那扇旧木门刷成了蓝色，把捡来可以做窗框的木头也刷成了蓝色。一早晨的时间，就把门和窗框都钉在了西墙上。

于是，一扇废弃的木门华丽转身！一面灰突突、毫无生气的墙也变得生动起来！其实生活中只要多一点创意，不用花费多少金钱，就可能收到神奇的效果。紧接着我就在门和窗户旁种了藤本月季甜梦。等甜梦开花后，我才知道自己做了一个非常正确的选择。

后院西墙，被甜梦和小蓝门装饰，顿时有了生机

如果你家有灰突突的高墙，千万别沮丧，恭喜你有了一个可以自由发挥的空间。

屋顶菜园

搬来小山居以后，和住在大山居相比，最大的变化是种菜的面积大大缩小，我最担心的不是花种少了，而是菜不够吃。因为任何季节，小山居都可以居住，所以有机蔬菜必须每天都能供应。这个目标的意义不言自明，在食品安全堪忧的情况下，有机蔬菜可以算作是奢侈品的代名词。然而，这个目标已经通过我和先生的努力实现啦。

规划之初，前院种花是铁定不能变的，我们不能没有花园。菜虽好看，但它的观赏性和休闲性还是略逊花一筹，所以菜只能种在后院和屋顶。

后院光照不好，具有天然劣势，并且后院需要辟出大片供人活动的空间，所以可以种菜的地方只有沿北墙根的部分区域。屋顶露台有30平方米左右，面积不小，基本全部向阳，只要铺上一层土就可以种菜了，同时还能为下面的卧室降温。因为之前大山居院子里的露台是常年闲置的状态，所以这次小山居的屋顶露台我把它的功能确定为菜园，加上屋顶不如前后院进出方便，休息和休闲的功用也就不用考虑了，只专注于做菜园是合适的。

关于屋顶菜园的布局，之前想过砌几个池子，既方便行走又方便种植，但缺点是菜园面积会因此减少，所以最后还是选择了满铺的做法：借用东、西、南三面墙，在北面垒墙，做成一个宽四五米、长六七米左右的大池子，然后往里填土，待土面平整后间隔放石板用作行走的小路。

建屋顶菜园可不是一件容易的事。首先要做好防水，楼下就是卧室，不能漏半滴水。我们采取的办法是先用防水涂料抹一遍，然后铺一层防水卷材，再抹一层水泥，与楼面齐平的地方还做了排水口，以防下大雨时积水。

屋顶菜园

往楼上运土更是个大工程。为减轻运土的压力，我们买了一个小滑轮，但即使借助滑轮，运土也花费了两天时间。除了运土，运送诸如鸡粪、羊粪和蛭石等需要提高肥力和改善土壤的材料也不容易，并且还得把它们搅拌均匀，然后平铺在楼顶。

一番折腾后，屋顶花园总算按照我之前的设想完成了，并使用了三年多的时间。只是没过几年，一次大雨导致屋顶积水，楼下也开始渗水，才让我们终于下定决心在2019年春天把屋顶菜园拆掉。这个菜园丰富了我们一家的花园生活，并且为我们提供了很多有机蔬菜，也实现了我的屋顶菜园梦。

不得不提的是，北方做屋顶菜园的确有很多不利条件，比如春天风大，保墒很困难，需要不断浇水才能保证花和菜的生长；夏天又太晒，蒸发量很大，可能需要遮阳网才可以让很多花度夏。另外，必须做好防水，否则一旦漏水特别麻烦。建一个屋顶菜园不容易，拆掉它一样很难。

屋顶菜园收获的蔬菜

后院蔬菜花园

小山居的后院有六十多平方米，后院南面是我们家三层的房子并与东面的邻居家相连，西面是西邻比我家还高五六米的墙，这意味着整个后院能晒到太阳的地方和时间都比较有限。到底是种花还是种菜，一直因为光照的问题举棋不定。住了五年，我和先生一直在观察阳光的照射面积和走向，历经三次改造，直到2019年才最终形成蔬菜花园的格局。

搬来小山居的第一年，我们麻烦山民朋友老梁沿着花园的北墙根挖了一个深50厘米的坑，然后填土种菜，花园东面可利用的面积约十几平方米，也挖了土再填起来种菜。因为不了解各种蔬菜对光的要求，于是每个品种都种了一些，观察了一段时间后，我发现光照对叶菜的影响不是很大，对西红柿的影响最大。光照条件好的，早早开始结果，光照条件差的，秧苗几乎不怎么长。像花园西面墙根这些背阴的地方，常年见不到太阳，我们便种了一些玉簪、矾根等耐阴的花，也种了几棵藤月，美化立体空间，同时还不影响种菜。

第三年，因为养了两只大金毛，经常不听管教去后院菜地，这提醒我和先生，人以及两只狗需要有个共享的休闲平台，于是我们就把后院东面十几平方米的菜地挖了。由于舍不得扔掉那些费劲拉来的土，就把它们堆在院子北墙前的菜地上。因为土比较多，索性垒了一个四五十厘米高的砖砌池子，专门用来种菜。后院东面的大部分地方铺了木地台，在台子上做了藤架，每年种一些丝瓜。这里便成了我们一家和两只金毛休闲的地方。

第五年，当我们决定把屋顶菜园拆除时，还是舍不得浪费辛苦运上去的土，便开始同时改造后院菜园。继续请老梁在后院离北墙约5米远的距离内挖地两尺，然后借助滑轮把屋顶的土从楼上运下来，填了进去。至此，后院终于建成蔬菜花园。

后院蔬菜花园

　　因为它正好面对着厨房,每天我在厨房做饭的时候,就认真欣赏这个小小的蔬菜花园。若是少一棵葱就走出厨房进到园子里拔一棵葱,做鱼的时候需要几片藿香叶或紫苏,就去摘几片直接放到炖鱼的锅里。从春,到夏,再到秋,看着这个小菜园从一地黄土变为满眼绿色,从矮矮一片长到爬满院墙,就像看大片一样,从不厌烦。

新鲜的蔬菜

花园椅DIY

在花园里放把椅子不仅可以用来休息，更充当了花园的一件园艺小品，使景观顿时鲜活起来。但在中国园艺小品不是很丰富的情况下，要买一把合适的花园椅还真不是件容易的事，我家的花园椅是先生DIY的。

因为自己做椅子时用料大，又是卯榫结构，所以很结实，在户外用了十几年，如今仍然可以继续使用。

花园椅，万花丛中一点白

制作步骤

1. 选式样。翻看书中的花园图片，有很多可以参考的花园椅式样。估算每一个部位的尺寸，我家的花园椅长150厘米，高94厘米，宽64厘米。

2. 备料、下料。按照确定好的尺寸逐一下料。木材市场上有5厘米厚双面光的指接板和直拼板，买来后裁好，或者在木材市场让卖家预先裁好也可以，有锯口的地方要过一下刨子才光滑，工具不全者建议买此料。先生用的是他以前买的樟子松原木板材，每一块板子都需要四面刨光，很费功夫。椅子的主要部位尺寸如下：扶手、前立柱、前后立柱连接撑等尺寸为5cm（厚）×8cm（宽），座位的横撑和靠背的竖撑为3cm×6cm，最大、最高的两个后立柱为8cm×8cm，靠背大立柱约10度角斜切。

3. 开榫。开榫前需要确定各部位榫的大小、长短和位置，有榫接的地方按尺寸分别开好榫卯。先生是将开榫机、电锯和手工凿混用。没有开榫机可以沿用老木工的手工凿开榫、凿卯，其实这样更能享受DIY的乐趣。

4. 拼装。榫接的地方抹少许木工胶，使榫卯接合更牢固，有的部位必要的话打入木楔更结实。樟子松断面比较粗糙，为了美观，先生大多开的是没有出头的暗榫（榫不穿透木头），只有在椅子立柱的侧面，为了更牢固使用了透榫（榫穿透木头）。

5. 修边打磨。修边是用雕刻机上的圆角刀完成的，若没有雕刻机，用木锉或粗砂纸把锋利的棱角打磨光滑圆润也是可以的。打磨没什么技术含量，也不需要什么设备，但比较费功夫；一般先用粗砂纸打磨，再用细砂纸打磨，打磨时最好顺着木头的纹路。

6. 上漆。户外木蜡油最适合涂刷在室外木工家具上，但我家正好有做橱柜剩余的白漆，扔掉过于可惜，正好能派上用场。建议大家在做户外家具的时候用木蜡油涂擦，或用传统的桐油涂刷，可以防腐防晒，延长使用时间。漆共刷了6遍：3遍底漆，3遍面漆。其实各刷两遍效果就很好了。每刷一遍待漆干后，用320号以上的细砂纸顺着木纹轻磨，而后再刷下一遍。

做此花园椅用到的主要工具：电圆锯、台锯、压刨机、平刨机、开榫机、电木铣（雕刻机）、手工凿、锤子等。如果工具不全，备齐一只电刨或手工刨、一只电圆锯或手工锯、几把凿子和一个锤子等主要工具即可制作。早期我家做餐桌椅就是用这些基本工具，只是效率较低。

藤架

山居第三年，我们把菜地改造成休闲平台后，还在上面做了藤架，种了丝瓜也可供攀爬，既美观又实用。

藤架自然还是先生自己做。他是大工，负责垒柱子、固定四个柱子和搭架子等。搭建主体需要横平竖直，否则既不美观也不稳定，但如此高大的架子，要测量其水平和垂直等尺寸并非易事，把每根既长又重的木头举上去更难。不过这并没有难倒先生，他用自创的土办法解决了这个难题。我见别人家搭架子一般都是三四个人一起干，他一个人就可以。我主要做小工，为做木地台的木头刷木油，四十多根，摆了很大一摊，后院摆不下，需要先搬去外面，等刷好了，再搬回来。仅仅是这个工程我就已经大汗淋漓了。

做好藤架后，先生又在平台上做了一套户外桌凳：一张大桌子和两个长条凳。凳子既长又宽，坐着很舒服，与大桌子也很搭。做长条凳时，先生以前做其他活计剩余的边角料都派上了用场。桌凳用榫卯加钉子拼接而成，特别稳，也特别结实。至此，我们终于有了舒适的户外休闲场所。

藤架、桌凳和金毛

户外灶台

有了休闲的地方，又想有个户外的灶台。山居第三年，先生开始搭建。其实这个想法由来已久，平时看了很多户外灶台的图片，一想到可以在院子里欣赏我们亲手种植的花果菜，等想吃的时候直接拔来洗洗下锅，然后再面对这一派景致用餐，就觉得十分浪漫。终于，我们在小山居后院的南墙根下找好了一块地方，可以垒一个户外的灶台。2016年的春天，我们开始了这项工作。补充一句，实际上户外灶台最有用的是水管和洗菜池，因为外面蚊子太多，做着吃饭也是偶尔为之。

山居的几年，先生已经从木匠、水管工到泥瓦匠无所不能，垒灶台对他来说相当轻松，周末只用了半天时间就有了雏形。之后，便像衔泥筑巢的燕子一般，每天上班前和下班后顺手贴几块砖，半个月的时间，户外灶台的瓷砖终于贴好了。操作台虽不大，但洗、切、烧烤功能齐全，台子下面的空间可以放置不少东西，冬天甚至可以做冰箱用。

灶台上还得有门，先生便用做木格栅剩下的防腐木条钉了四扇门，全部都刷上了户外木油。这下才算是彻底做好了。灶台里面接了下水管，水可直接排到花园外面，不过洗菜的水一般都直接浇灌菜地里的西红柿和黄瓜。池外接了水管，可涮墩布，也可浇菜。台面洗、切、烧烤功能明确，虽不大但足够用。有了这个灶台，户外活动就更方便了。

户外灶台，洗、切、烧烤功能齐全，冬天也可做冰箱用

第二章 进阶小花园

堆肥箱

休闲平台的东边有一块长条地，本打算种葡萄或藤本类花卉，但后院光照不足，花果生长是个大问题，最主要的是，这里对着空气能热泵的出风口。冬天，空气能热泵要为屋子供暖；夏天，又需要为屋子提供凉气，这两个季节都要开着工作，如果每天对着葡萄藤或花吹风，它们根本承受不了。最终，我决定利用这块地放置堆肥箱，空间不大不小正合适。做两个连在一起的堆肥箱，既可以储存平时的厨余垃圾，又可以变废为宝得到肥料，一举两得。

两个相连的堆肥箱，一个装满堆肥材料后进行发酵，另一个继续堆肥，倒替使用更方便。

制作堆肥箱的木条及木头都是从我家各处拆下不用的余料，也算是废物利用了。三面用木板围合，正面的板子可从上面抽拉，有利于取做好的堆肥及堆肥过程中的翻动。如果需要通风，抽起木板，在木板条中间垫上东西即可。

堆肥箱上面没做盖子，风吹雨淋都不影响，如果蚊虫太多，可随时加盖。下面没做底而是直接贴紧地面，这样不会积水；如果做了底，堆肥的时候，需要在最下层放一些秸秆等可通风透气的物质，并在上面加盖，以防雨水过多导致积水。

堆肥箱结构如右图所示，其实很简单，只是在做可抽拉槽的时候需要开动脑筋；钉木条的时候需要与墙间隔一定距离；立柱则需要开槽。

堆肥箱

第三节

木作造家

小山居是从开发商手里买的,等了八年才交房,且是毛坯房。拿到钥匙,铺完地板,刷好墙,我和先生只搬了一张床就先住进去了,全然不顾那是一个没有饭桌、没有橱柜、没有衣柜的"裸房"。从一开始,先生就说所有的木工活都要自己做,我没有任何犹豫便把这项浩大的工程放心交给了他,一是我相信他的能力,二是可以省钱。从开始到完工,整个造家活动就像一场旅行,全然不知道什么时候会出现困难或是惊喜。事实不出所料,无论是做橱柜、桌子还是楼梯,几乎意外不断,但也收获不断,当然更是快乐不断。

纯实木橱柜

纯实木橱柜

已经记不清橱柜做了多久才基本完工。因为一开始就确定了要DIY，并且只能利用工作之余，用时几乎无法估量。直到做完，才发现共做了34扇门，装了54个铰链，还有大小6个抽屉和1个拉篮。每一部分都必须精心计算，否则根本无法严丝合缝装到一起，工程量之浩大完全超出了我的想象。偏偏先生对这套橱柜的要求非常高，说起码要能用一辈子，现在看大概用几辈子都不成问题。衬板选了松木，面板是柞木，就连抽屉轨道和合页铰链这些五金件也都是选的最好的。

　　DIY的这套橱柜依然是榫卯结构，台面宽六十多厘米，舒适好用。这套橱柜最大的特点是纯实木，碗柜抽屉、台面、挡板都是实木的。原本台面是想用石材的，但大面积的石材花费会很大，为了省钱便做成了木质台面，想不到效果出奇的好，不仅好看，质感也非常难得，木头的质朴与温润完全是冷冰冰、硬邦邦的石材无法比拟的。担心木头怕火，便涂抹了阻燃剂；担心

做橱柜门板的小木块不计其数　　　　　　　　　　　　　　　　　　擦色

调料拉篮　　　　　　　　　　　　　　　　　　　　　　　　　　实木台面

木头怕湿，又刷了封闭漆，现在看这些担心都是多余的，只要不用火去烧，不用水长期浸泡，台面做成木质完全可以。

　　因为做面板的柞木花纹很美，刷纯白漆会把花纹遮盖，所以还是选择了开放漆，将其刷成了复古白。第一次尝试这种刷法，效果如何在刷之前完全是未知数，所以整个过程像一场冒险，好在最后的结果我们非常满意。台面也做了擦色，效果特别像用了几辈子的面板，但摸上去却光滑如丝，擦色的神奇完全超出想象。

　　洗碗池做成了我喜欢的铸铁搪瓷白，白色与台面的木色非常搭。巨大的洗碗池满足了多人聚餐的需求。水龙头选择了我想要的抽拉式，无论池子有多大都可以做到无死角冲洗。

木楼梯

还是毛坯楼梯时

最初的楼梯是砖砌的，上面抹的水泥高低不平，两边没有扶手，每次上下楼我都得贴着墙走。先生怕我会一不小心摔下去，楼梯便成了我们造家之旅的第一项，要做木质而非其他材质。先生这个小木匠便开始为小山居的室内做第一个木工活。

开工没几天，又发现橱柜太重要了，于是开始做橱柜；紧接着发现桌子也必不可少，得有吃饭的地方，于是又加塞做了桌子；有了硬件保障以后，这才开始接着做楼梯。就这样，我们在坑坑洼洼、高低不平、没有扶手的毛坯楼梯上，上上下下两三个月。

做楼梯首先从找平垒砖开始，这活看似简单其实做好不容易；而后做衬板，用松木板把踏板和立板一块一块地固定在垒好的砖块上。有了衬板，每天上下楼就不用踩糙面水泥了，家里瞬间干净了一些。回过头看，相对于做楼梯的整个工作量，做衬板连其十分之一都不到。

我为踏板选了原木色，立柱为白色。制作柞木踏板和榆木立柱的时间很漫长，每一块都需要丈量、切、刨。共38步踏板、38张立板，还有数不清不同规则的侧板，踏板下面一块一块的小木条又做了好几天；立柱一共做了110根，每一根都是自己车出来，然后再一根一根刨光的。如果没有一定的耐心，即便这种劳动再简单，也会因为重复和枯燥而难以坚持下来。整个工程仅是刨板的锯末就装了好几大箱。这110根立柱，最后只用了60根。

立柱

喷漆

　　我们选择了开放漆，依旧复古白。白色的立柱、木色的踏板和扶手是我想象了无数遍的楼梯颜色，只是复古白徒增了我们无数的工作量，因为需要先刷三遍白色漆，然后擦色、抛光，之后再刷一层清漆。这110根小立柱有440个面，工作量之大可想而知，换作是我，肯定做不下来，先生不知道从哪里来的力气，始终情绪饱满，老黄牛般一直在干活。因为平时要上班，只能利用早晚、周末和假期的时间一点点来做，所以有好几个月，先生总是起早贪黑地在木工房忙碌，但从没见他有过厌烦。

柞木踏板

　　安装立柱和扶手很需要技术，只有安装牢固才能确保安全。立柱安装要用双头螺丝，一头固定在地板上，另一头固定在立柱上，然后再把安了螺丝的立柱拧到安了螺母的踏板里，竖的方向才能牢固；扶手和立柱相连，再在横向的扶手两头打上大螺丝进行横向固定，只有横竖两个方向都搞定，立柱和扶手才能被固定牢靠，整个过程需要经过无数次的试装、调试、划线、切割和再试装。

楼梯基本完工

  做楼梯是山居前两年先生做的所有木工活里体量最大、时间最长的。环节和细节太多，开始完全是他一个人在做，后来发现手工操作的部分太多，我便也加入进来做点力所能及的活计，比如打磨、上漆，但这些工作只是冰山一角，重要环节还是他一个人来，比如搭架子，而后蹬在架子上钉侧板。当时我心里害怕，忍不住想先生如果从三楼掉下来后果会怎样，于是偷偷在地上铺了东西。先生说，刚开始他自己也害怕，后来慢慢熟练也就习惯了。

山里的

126

花园生活

楼梯全貌

以前看别人家里的楼梯，心里基本没什么感觉，想着只不过就是上下楼走走，仅此而已。可轮到自己做时，怎么看都觉得好，当然不是因为真的比别人家的好，只是这一点一滴自己亲自做出的东西就像一手养大的孩子，其中注入了太多的心血和情感。

　　在旁人看来，我们的造家之旅可能枯燥无味，苦累太多，但对我们一家来说，过程始终充满欢乐。看着家里每天都有新变化，心里总有说不出的愉悦和充实。

实木门

有家就得有门。北方入冬前,房子如果没有房门能明显感觉到凉风嗖嗖地往屋里灌。先生做门花费的时间很长,长到已经记不得是从什么时候开始的,但能记得的是在寒冬到来之前家里装上了第一扇卧室的门,瞬间感觉把风挡在了门外。我们长达半年住在无门卧室里的历史也终于结束了。

我原以为做门不难,毕竟先生已经做过无数柜门了,但我想错了,此门非彼门。柜门尺寸稍稍差一点还可安装上,最多是闭合不好;屋门就不一样了,真是差一点都不行。

门难做,还因为屋门比柜门的体量大得多,结构也不一样,厚度也有高要求。仅满足厚度就费了很大的功夫——需要把2厘米厚的木板粘叠在一起拼成4厘米厚的板子。这项工作陆陆续续做了很多天,而这只是最基础的。

结构不同就更麻烦了,一扇门由大小17块木头组成,首先需要按照量好的尺寸把这17块木头切割出来,然后一块一块修边打磨,最后才能把这17块不同规格的木头拼插到一起,不使用一个钉子,所以每块板的尺寸不能差一丝一毫。开始时,因为尺寸差了一点,致使拼插出来的门有缝隙,为了做到严丝合缝,先生琢磨了好几天,这期间不断地拆开、拼上……

木头拼插到一起才形成真正意义上的门,但这只完成了一半的工作量,接下来要打磨、喷两遍白色漆、擦色,再打磨、刷清漆……

房门最终的样子

做一扇门的木块不计其数 　　　　　　先生在做门 　　　　　　　　　　试装

不断打磨 　　　　　　　　　　喷漆

房门由门套和门两部分组成。一个门套由8块木头组成，其中木头接合处的角还必须是45度，差一丝一毫都有可能合不到一起，就算凑合到一起也很难看。门套装好后还需要刷多遍漆，而后擦色，所以几个门的门套就做了很长时间。

门的安装阶段依然有很多工序和困难。首先需要开锁眼，得手工完成而不依靠机器，开一个锁眼就要耗去一个晚上。安装开好锁眼的门同样不容易，平时感觉轻轻就能将门推开，但它的重量完全超乎我们的想象，尤其是这种实木门。安装第一扇门的时候，为了找平衡，我俩抱着一百多斤的门几乎汗流浃背，仅是安装就满满当当用了一个晚上。

装好以后还需要做封门条，好在这是两万五千里长征的最后一公里。先生做的就像汽车门那样，密封效果特别好。

从开合页的榫、开锁眼，到装门、上锁，要用的工具无数，铺在地上很有规模。我在旁看先生做门、安装的全过程，才深深体会到为什么纯实木门那么贵。

做门 tips

1. 首先从粘板子做起，为了把门做得厚实，需要把两张2厘米厚的板子粘在一起，再一块一块切割，做好榫卯。

2. 一遍一遍地试安装——安上，拆开，再安上……不断反复调试，以达到每块板子尺寸的精确。装门的过程就像在搭积木，但要复杂得多。

3. 门安装好后开始喷漆，需要先喷两遍白漆，擦一遍色，再喷一遍透明漆。

4. 开锁眼和装锁需要手工完成。

5. 装锁和合页至少需要一天时间。

木床

木床

之前在大山居，先生给我俩和儿子分别做过一张带抽屉的大木床，加上在小山居做的橱柜和木门等大的木作，再做诸如不带抽屉的木床，对先生来说简直易如反掌。没用几天，他就做好了两张大木床，以及一个床尾凳。

木质床头柜

长条桌

多年前在一位设计师的办公室里看过用整张木板做的长桌子，那时的惊讶和艳羡为后来自己做长条桌播下了种子。

某天中午吃饭的时候我和先生闲聊，我说非常希望有一个长长的、用起来很方便的桌子，先生说家里正好有整张的榆木板子可以利用。

于是我主动请缨做打磨工作。以前一直以为这活枯燥无味，做后才发现当一块粗糙的板子在自己手里一点一点变得丝般光滑、纹路毕现时，心里充满了欢乐，同时因为有目标，心里也充满着希望，所以这打磨工作其实很有意思。

同时我不断催促先生做桌腿，因为是临时起意，具体做成什么样子先生也没有想法，我无知者无畏，完全按照自己的喜好出主意。我说就做成梯形腿吧，先生说太复杂、费工；我说做工字形吧，先生又说不好看；我说那做X形吧，他这才说好。

两个人折腾了一下午和一晚上，长条桌就诞生啦！桌子有两米多长，可以同时供两个人使用。

客厅多功能柜

小山居第二年的上半年，先生为儿子的婚房做了一套家具，包括橱柜、餐桌、大衣柜、大床、书柜、鞋柜、茶几、浴室柜等，因为不在一地，他探索了可拆装式家具。先在小山居把家具做好，试装好，而后拆掉，运到儿子那里。半年多时间，除了上班，先生几乎都在给儿子做家具，完成后才继续小山居的造家之旅。

操练了这么多，先生做家具势如破竹，速度和质量都大大提高。这不，他又做了一个大家伙——组合式多功能柜。先生希望早一些做好，这样家就不再像个工地了。山居之后的一年多时间，家里的客厅一直堆满了板子，最多的时候有三摞长约四米、高约六七十厘米的板子堆满客厅，我们经常要踏板而行。

我参考了网上组合式电视柜的式样，由三组柜子共同组成，下面是低柜，上面中间放电视，两边放书。先生用了大概一个半月的时间，终于彻底做好，整个木板的花纹还是一如既往的好看。因为是纯实木，很重，安装得特别费劲。至此，我们终于告别人木共居。几摞木板经由先生之手，变成了衣柜、床、餐桌、厨柜、浴室柜、楼梯等等。过程虽然漫长，但结果充满惊喜。

客厅多功能柜，做好不久上面的两个书柜就被书占满

实木沙发

做好的沙发配上定做的深蓝色座垫、靠背，和客厅的整体格调很搭

沙发雏形

做好多功能组合柜后，山居第二年的夏秋之交，先生开始做实木沙发：一个长形沙发——长2米，宽90厘米，撤下沙发垫可以做单人床；两个分体沙发——分别长160厘米，宽90厘米，两个拼起来也可组成一个大长沙发，可坐可卧。两个单人沙发中间还做了一个有两层抽屉的茶几，方便放置杂物。沙发立柱由四根立柱黏结而成，非常粗，且稳。我看先生制作时，过程就像在做一个大玩具，但依然是每一块木料的尺寸都必须精心计算。

期间我出差几天，回来后沙发已经顺利完工，我很喜欢它的颜色，式样也不错。沙发的坐垫和靠背是从网上找店家定做的，经反复测量，确定坐垫面离地面有43厘米，靠垫高55厘米，都选用了深蓝色麻质布面，与木头的蜜蜂色很搭，坐在上面很舒服。

第二章　137　进阶小花园

木吊灯

　　小山居的客厅是下沉式的，高约3.4米，比一般的住宅层高很多。住了一年多，只有一个灯泡照明，去灯饰城也没买到心仪的灯，先生索性自己做了，他设计了一个多层的木吊灯。开始搭建灯体的时候，看着像鸟巢，结构很复杂，又是纯实木，所以很重。客厅的顶很高，安装起来特别费劲。我站在桌子上，用双手把灯举过头顶，先生站在梯子上，再托着往屋顶上安装。从早晨一直折腾到下午才完工，不过效果非常好。

木吊灯的构造

安装木吊灯后，客厅增添了一丝设计感

岛 台

山居第三年，所需的大件家具都做得差不多了，先生开始帮我做岛台——放在厨房中间的桌子。以前不知道岛台是什么，国外的家具图片看得多了，才知道它的英文名是table island，是国外厨房里常有的一件家具，基本每天都要使用。

由于只能利用有限的业余时间，家里的各种家具通常都是几件同时来做，且是边做边用，比如这个岛台。先生刚把框架做好，我就开始使用桌面了，待做好下面的搁板，将桌腿、抽屉刷好漆，才算彻底完成。用时四个月，岛台终于完工。

岛台

岛台让厨房的工作变得井然有序

因为岛台四周均可用，无论站在厨房哪一侧，都可操作，非常方便。当厨房人多时也不怕，围着桌子边干活边聊天气氛更好。

岛台的台面依然是木质的，温润质朴的美丽纹路是其他任何材质都不具备的。但在做之前，我们考虑过厨房里洗洗涮涮用水较多，要不要使用石材。然而厨柜的木质台面已使用两年多，没有任何开裂、起翘，甚至磨损，这坚定了我们做木质台面的决心。用了这几年，发现木质台面完全不惧水渍等，但前提是木材要好，我们选的是水曲柳。另外漆也一定要刷好。

桌面用深棕擦色，桌腿及抽屉刷仿古白色，与厨柜一致。先生为岛台做了四个抽屉，可以放小厨具及食材。侧面钉了一排挂钩，方便把勺子、铲子和砧板等挂起来。下面做了搁板，木板之间有间隙，透气性好，食材和厨具放在这里既方便取用，又利于存放。

封阳台

第三年冬天来临之际，先生终于把封阳台用的所有玻璃都装好了，历时一年的这项工程终于完工了。封阳台是继做楼梯之后，木工活里耗时最久、工程量最大的。先生没有帮手，全凭自己。

原本没打算把阳台封起来，可山居两年后发现春秋时山上总是刮大风，呜呜作响，还会顺门缝钻进屋，为了保暖还是封了阳台。

因为难度太大，先生此前没想过自己做。但有一天他说要自己封阳台，我半秒也没犹豫，那就干吧！真做起来比预想要难得多。若是雇请工人封阳台，他们一般是先量好尺寸，做出框架，再装上玻璃。先生怕自己做不到，因为体量太大，根本没办法安装。但他想了个办法：按从下往上的顺序，先做一层框架，再做上面的框架。最难的是固定上面的横梁，因为横梁很长，共十多米，用的木料大而重，固定时要先将其举到空中，固定到竖撑上，而外侧悬空无遮挡，难度大且危险性高。

立面做好后加盖房顶。先生先在屋内把一根根木条钉上去，而后站在房顶上再将其一根一根固定牢靠，仅这木条就有一两百根。做好后，再在上面铺油毡瓦，瓦材很重，先生依然是独立作业。

做出框架后,先生在加盖房顶

固定房顶木条

封好的阳台

封好后的L型阳台很大,面积大概有二三十平方米,瞬间为屋子增加了很多空间。

封好的阳台便是一个阳光房,不论屋外风多大,屋内仍然温暖如春,特别舒服。过冬需要搬到室内的花也有了一个宽敞的存放空间,同时也多了一个不错的洗衣晾晒间。

大餐桌

大餐桌

山居第三年，先生又做了一张大餐桌，桌面长2.1米，宽90厘米，可满足多人同时就餐的需求。

做张桌子看似很简单，四条腿一个面，钉在一起就成。但制作的工序很烦琐，仅刨光四条桌腿就用了一天的时间，凿榫卯又耗时整整一天，再加上打磨，几乎都是先生一点一点手工完成的。

餐桌和椅子都非常结实，先生在椅子腿之间加了多条横撑，除了榫卯咬合，还要用胶粘合，再打钉，最后方可纹丝不动。

刷了蜂蜜色漆，与沙发、多用柜等的颜色协调一致。来回共刷了六遍，摸上去手感极好。

桌面选择了水曲柳，花纹一如既往地好看；桌腿是老榆木，结实又耐看。

浴室柜

浴室柜

浴室柜比起橱柜、床、餐桌等，不是特别着急用的东西，所以基本是先生穿插着做其他家具时做的。没做完之前我们就用一个木架子放一个洗手盆，凑合了差不多半年时间。最后先生共做了三个浴室柜，最大的一个是主卧的双洗手池浴室柜。

制作步骤

1. 备料。所谓"长木匠短铁匠"，制作木器所需材料要比实际所需更长、更宽、更厚一些，为后面的刨平、刨光留有余量；骨架用的腿、撑、板。

2. 加工各部分。老榆木板在未刨光前非常粗糙，几乎看不出纹路。加工后纹路出现，经过打磨抛光后花纹清晰。

3. 裁切、开榫卯。根据实际尺寸精准下料裁切。一定不能分心，否则就不能严丝合缝啦！（精准的前提是所用标尺达标、划线精确）

4. 试装骨架。检查各部分是否完美贴合，横竖撑之间是否呈90度角。

5. 加楔、抹胶，连接各部分主骨架。

6. 加工抽屉门板。

7. 打磨、抛光。这是一项简单的麻烦活，用240号、320号和600号砂纸把柜子各打磨一遍，期间要用手触摸，感觉效果，非常枯燥耗时。最后用600号砂纸打磨完，才有一种年轻人初恋拉手的快感！

8. 油漆擦色。先将打磨时遗留的粉尘用潮湿的抹布擦去，打一遍底漆，晾干，用600号砂纸或百洁布顺着木纹擦磨木刺；而后刷3~5遍面漆，每刷一遍都要晾干，用砂纸顺着木纹方向轻轻抛光打磨。最后一遍不需要打磨！

9. 安装合页、把手和抽屉轨道等五金件。

10. 放入定做的大理石台面，将挡水打胶粘牢。

第四节

花园四季生活

爱上花园生活的理由很多，比如喜欢看花开花落，喜欢采摘果实等。我醉心花园生活并坚持多年，大概就是因为喜欢看一粒粒微小的种子发芽长大、然后结实的一次次生命轮回。在这个过程中，总是感叹生命的顽强，不由得产生些许敬畏，也会不断体会劳动的艰辛而对劳动者心存感激，这十多年中，仍然会一次次被意外惊喜所感动。四季变换，春天百花开，夏天百草生，秋天果实累累，冬天白雪皑皑，于我看，自然中，四季皆美。

春日花园

春天植物的生长速度总是超乎我们的想象，一场春雨过后，蛰伏了一冬的花花草草像约好了似的都冒了出来，花园里挤挤挨挨几乎无处下脚，当初的留白都被旺盛生长的植物所填满。春天的花园，除了球根、月季和铁线莲蓬勃生长外，还有一种比较抢眼的花——耧斗菜，五彩缤纷，重瓣或单瓣都有，在花园里争奇斗艳。

春天是园丁一年中最忙的季节，恨不得长出十双手，一双拔草，一双收拾枯枝败叶，一双浇水，一双翻地，一双播种……恨不能一天二十四小时都待在花园里。干活的时候经常是一心几用，剪花的同时要拔草，看到拥挤的花草还要拿把铁锹去移栽，之后再浇水，浇水的同时又开始清理枯枝败叶，一开始要干什么竟想不起来了。

春天正午的暖阳下，我经常会坐在门前的台阶上边欣赏花园边吃饭，看哪些地方空了需要补种，哪些地方拥挤了需要移栽，是否有植物需要分株……边看边想，边想边看，有时还会起身为盛放的植物拍张照，以此来捕捉花的习性。比如银莲花，知道它们可以在北方露地过冬了；比如风信子，知道它们又复花了；比如耧斗菜，看到它们含苞待放，才发现这是北方春天第一个开花的宿根花；还有无花果，看着树上满满的小果子，才知道这是花园里最早结实的果树，先果后叶，无花结果。真是奇妙。

春天，一年中花园最美的时候，像一场鲜花竞放展示会。最先登场的是郁金香、洋水仙和风信子等球根花，白色、粉色、黄色簇拥着迎接春天的到来，也引来无数采蜜的小蜜蜂，它们嗡嗡飞舞，边采边唱，奏响了春天花园美妙的交响曲。在屋里猫了一冬的花都被请出了屋，把门廊塞得满满当当，我足足浇了一遍水，喝饱的花比赛似的噌噌往上蹿。

春日花园一角

月季在春天盛开。我家月季品种很多：音乐馆、自由精神、龙沙宝石、夏洛特夫人、王妃玛格丽特、路易欧迪、钢琴、本杰明、甜梦、西方大地、福斯塔夫、藤蓝月、蓝色阴雨、蓝色风暴、万众瞩目等等。有人问我，你怎么能记住它们的名字？答案很简单，它们就像我的孩子一样，一个人怎能记不得自己孩子的名字呢？我家花园里的月季很多，想着每一种种一棵就好。其实最好的是只需选藤本（爬藤）或灌木（不爬藤）的月季三四棵，挑自己喜欢的颜色；对于地栽的月季一年施两次肥，尽量全阳，剩下的就交给时间吧，用不了三四年，院子里就会繁花似锦。

我在花园的木栅栏旁种了一棵音乐馆，三四年的功夫就爬满了栅栏，花量极大极密，且花色富于变化，先粉后橙再粉白。西墙种了一棵路易欧迪，因这密密匝匝的粉色花，一面普普通通的高墙也成了花园的一道风景。前院的木栅栏旁还有一棵黄金庆典，自成拱形；一棵王妃玛格丽特，颜色柔美。花园侧面的木栅栏旁有一棵夏洛特夫人，花枝略长，花苞像个小包子；一棵大家近来追捧的龙沙宝石，花朵粉白，美得无与伦比，但花头略重，遇雨则低垂。还有几棵灌木欧月长势很好，蓝色系的蓝色风暴，直立性好，花朵大。栅栏外的蓝色阴雨，种在一个只有花盆大的土坑里，因为枝条细软而开成了藕荷色的花瀑。春天，各种颜色的欧月孕育着数不清的花苞，把我家暗淡的围墙装点成了美轮美奂的花瀑。

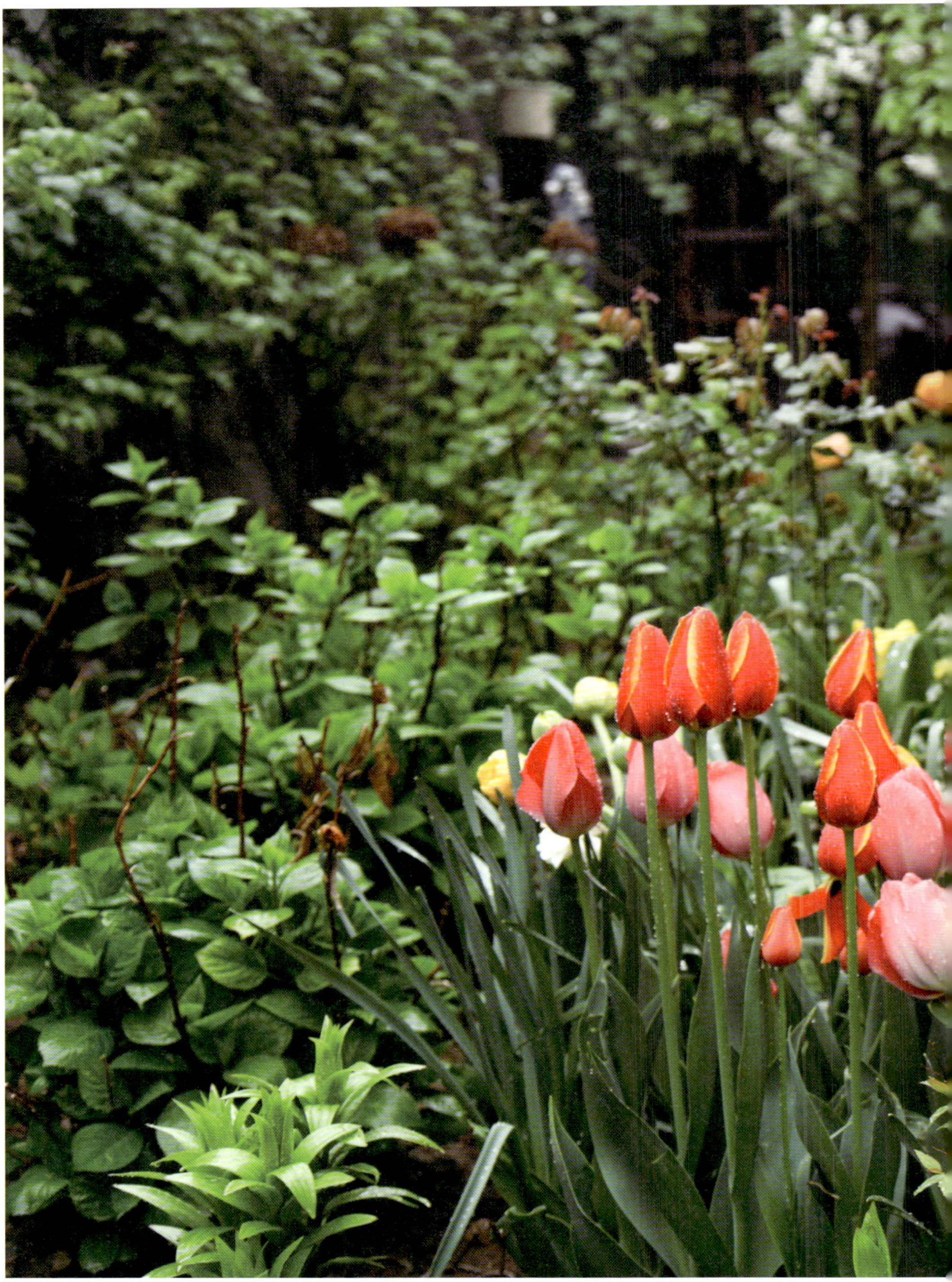

第二章 进阶小花园

介绍三种月季

音乐馆是很值得推荐的大型藤本。它有几个突出的优点：爬藤性好，花量大，花期长，花色鲜艳，不垂花头，耐晒。五年前，我同时种植的王妃玛格丽特、夏洛特夫人、钢琴、本杰明、自由精神、黄色庆典等，长势没有一个超过它。一棵音乐馆足以覆盖五六平方米的空间，一根枝条长到三五米没有任何问题。花未打开时是粉色，显露芯时是杏色，后期完全打开又变为粉色。花朵呈典型的包子状，整个花期至少持续两周时间。除了能爬藤、花量大这两个明显的优点外，还有两个突出的优势——耐晒和不垂头。很多欧月总是垂着头，也不耐晒，一晒就焦边或者变成大白脸，比如网红欧月龙沙宝石。

路易欧迪也值得推荐。我把它们种在五六米高的西墙前，因为这里只有上午和正午的日照，所以可以耐半阴。以前是整面墙横拉，墙有六米宽，今

爬满西墙的路易欧迪

年却长成了上下两层，上层枝条至少有五六米长，所以它的爬藤性极好。粉色小花虽不大，但花量极大，呈包子状，枝条较软，弯弯地垂下来，我特别喜欢这种形状。

蓝色阴雨是我种过的灌木月季中开花最多的。蓝色阴雨有两个十分突出的优点：一是它的花色独特，不知称它为藕荷还是粉蓝，总之很少见；二是花量极大，花团锦簇，虽然单朵花的花瓣并不多，也不像包子般饱满，但每个花枝上有很多朵花，虽然花期并不比别的月季长，但此起彼伏总在盛放。我将蓝色阴雨种在一个很小的土坑里，浇水经常会忘了它，但其长势很好，可见这种月季是耐旱的；除此之外，也耐寒，已经在室外过冬两年了；同时耐瘠薄，一年只施一两次羊粪；喜欢大太阳，栽种环境需要全阳。蓝色阴雨的枝条比较细软，整体看起来较垂，一棵就可以伸展三四米的冠幅，很大一丛。

蓝色阴雨

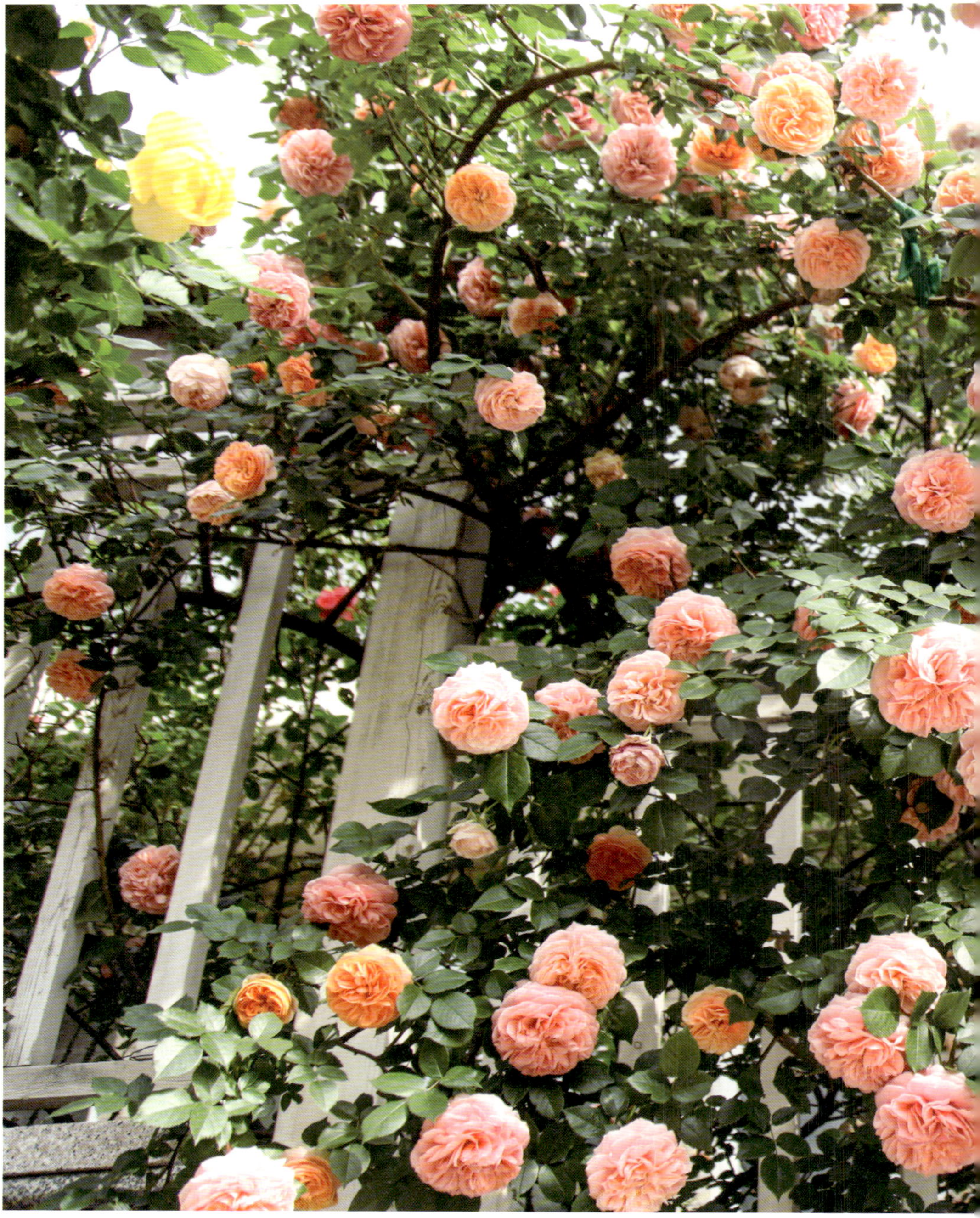

第二章 进阶小花园

音乐馆

花园 tips

1. 月季扦插

春天月季凋谢的时候，我总是在剪残花的同时扦插一些月季，可以把经验分享给喜欢的朋友们。

扦插前需要准备的材料：剪刀、扦插容器（长条盆、圆花盆或是纸杯均可）、基质（素沙、蛭石或蛭石与泥炭混合）。

具体方法如下：

第一步，剪下适合扦插的枝条。我通常是斜剪刚开过花的枝条，但不同月季开花枝的长短差别很大，比如夏夫人枝条很长，蓝色阴雨则很短，我尽量选择不短不长刚刚好的枝条，二三十根就够了，长度大概15厘米。

第二步，剪下的枝条上的叶子除留顶上两片外，其余均一片片摘下来。

第三步，把准备好的枝条插入基质中即可。

方法很简单，但有几点需注意：

第一，扦插完后需要浇透水。

第二，保持扦插盆始终湿润。

第三，扦插期间尽量不要晒太阳。

等半月或是二十天以后，用手轻轻提一下扦插的枝条，如果觉得沉甸甸的，即是生了根，扦插就算基本成功了。下一步，就是把生了根的枝条移入装有土的小盆里，任其慢慢生长，也就是我们所说的假植。

准备扦插的素沙

剪下的枝条留顶端的叶片，其余摘除

把剪好的枝条插入素沙中

生根了即表明扦插成功，就可以下一步假植了

2. 月季假植

　　月季扦插长根之后，其实还不是真正意义上的成活。真正意义的成活，是月季扦插在土壤的部分已经生长出新的根系，所以还需要假植：把已经长出根的月季扦插苗种植到已经备好土的小盆里，待在土里长出新根，等整个植株健壮以后，再种植到大盆或地里。因为不是直接种植在地里，所以这个环节叫假植，目的是在土里培育新根。

　　我通常是找出大小不一的空塑料盆，把用过的土掺杂少许羊粪和蛭石，在盆里先装半盆土，再把扦插好的苗放入，用土将盆填满，压实，浇透水，放在阴凉潮湿处。等过两周扦插苗服盆后，即可放置在太阳下任其自由生长了；再过两周或一个月，这些扦插苗就可以随时换大盆或地栽了。

月季扦插苗之前栽种得过密，需要假植

月季假植，即将扦插好的月季苗种植到已经备好土的小盆里，待其在土里长出新的根系

3. 月季修剪

　　修剪是月季生长过程中必须要做的工作。因为月季生长很旺盛，会产生弱枝、病枝以及过于老的枝条，如果不将其剪掉，会因过分消耗能量及某一些花朵采光不足而影响整个植株的生长。另外藤本月季需要通过修剪横拉获得好的株形及枝条生长的合理空间。修剪这活可真不好干，虽然是刀起枝落这么简单，但一定要看准到底剪掉哪根，保留哪根，因为它直接决定株型和春天开花多少。月季上有很多刺，无论多么小心总会被扎到，那种钝痛让你怀疑刺上可能有毒。我一般将血挤出或用嘴吸出，才会觉得舒服一些。早晨起床，从准备胶面手套、钩子、绑绳，到在院子里登高爬低地把月季修剪绑扎完，需要用大半天到一天的时间。

　　藤月修剪记住两点：一是枝条横拉，这可以打破顶端开花的优势，横拉的枝条上能够长出很多新的枝条，开花时花量更大，整体效果更丰满；二是去弱枝、病枝，保证枝条之间疏密有度，能够有足够的生长空间。

4. 移栽

移栽是花园的日常工作之一。即使你是绿手指,也无法保证播种的花籽均匀出苗,因为无法控制花籽的出苗率,更无法掌控天气,所以长出的苗往往疏密不均,这时就需要通过移栽将其调整到最佳的疏密状态。

植物的品种成百上千,我们无法了如指掌,所以经常阴差阳错把喜阴的植物种到阳光充足的地方,或者正好相反,这种情况也需要通过移栽让它们各得其所。

有时我们无法预知每种植物的体量有多大,一开始总担心种得过于稀疏,便尽量密植。事实上两三年后,随着植物不断生长,其生存空间会变得非常逼仄,这时也需要通过移栽来合理调整。

很多宿根花卉过两三年就会裂变为一大丛,而分株移植会让母株长得更好,通过移栽,还可以形成你想要的花境。

有时候移栽甚至可以跟随你的喜好,把不喜欢的植物移走,把喜欢的移到你一眼能看到的地方。

这项工作其实非常简单:用一个铲头较长的小铲子深挖出需要移栽的花,当花的体量大时需要用铁锨,注意花最好不要露根,而后移栽到你确定好的地方即可。移栽大的植物,比如一棵树,最好在春天植物根系尚未萌发前进行;小的植物,比如一棵花苗或菜苗,在阴天时移栽最好,这样更容易成活。移栽前先把植物用水浇透,容易挖出来。移栽后也要浇足水。如果不得不在阳光充足时干这活,最好在移栽后的小苗上倒扣一个花盆为它们遮阴。

若是时机合适,方法得当,其实移栽只是为植物换了一个地方生长,仅此而已。

用小铲子挖出要移栽的花 最好不要露根

移栽到你想要的地方即可

春日蔬菜花园

每年的早春，我总是早早就开始种菜，先种叶菜类，等三月中旬地温上来开始播种。为了增加地温和播下的种子能早出芽，通常我都会盖一层塑料薄膜，只需一周，种子便出芽了。

早春种菜有两个好处：一是可以早一些吃到有机蔬菜；二是早春气温低、虫害少，这一点对于十字花科的圆白菜和菜花等尤其重要。到了四月上中旬，就可以买西红柿、茄子、青椒、黄瓜和西葫芦等蔬菜苗种植了。西红柿、茄子和青椒基本不用自己育苗种植，因为时间较久，一般专门育苗的菜农在元旦的时候就已经在温室开始这项工作了；黄瓜等瓜类，自己播种即可，不过很多人为了省事，也是直接买苗种。"谷雨前后，种瓜点豆"，北方，在谷雨节气前后几天，就可以播种北瓜、南瓜和冬瓜等大个儿的瓜了。瓜类中，丝瓜的壳比较坚硬，如果要自己育苗，最好在播种前先将种子在水中浸泡两天。

2019年一开春，我们改建了后院的蔬菜花园，小小一块地，被我做了五个畦，一股脑种了16种叶菜，不到一个月的时间，就可以随时采食了。在这个过程中，我做了一次各种叶菜的对比。首先是虫害程度，紫生菜、菠菜和莙荙菜无虫害；汉斯生菜、奶油白菜和小油菜有一些潜叶蝇，还有很少的蚜虫；茼蒿和油麦菜的潜叶蝇虫害比较严重，尤其是茼蒿，几乎所有的叶子上都有潜叶蝇，不得已我几乎都扔了。其次是可食性，每个人口味不同选择不同，如果是我来选，汉斯生菜和紫生菜生吃口感不错，可以拌沙拉；小油菜可以用来包饺子，有一股清香味；菠菜更多用来做汤或菜粥或者炒蒜蓉菠菜。再来对比生长速度，生菜、小油菜、菠菜、白萝卜（萝卜缨）、茼蒿、油麦菜长得最快，种植不到一个月就可以食用了，苦菊和莙荙菜稍慢，需要一个月，茴香、空心菜和荆芥生长速度最慢。

丰富的叶菜

经常有朋友问："你家的花和菜打药吗？"我要是回答从来不打药可能很多人都不信，但这是千真万确的，虽然虫害从来都与花菜为伴，我家院子里的也不例外。其实这与我家的生态环境良好有关，因为不打药才有鸟飞来吃虫子，因此形成良性循环。不过长虫也没关系，我们从来都是和虫子一起吃菜。如今虽然有各种杀虫工具和方法，但事实上，人类与虫子的战争，我们从来都不是赢家。我采取的办法是，尽量错时种植，避开虫害，比如早春种菜，那时天气还较冷，虫子很少在户外活动，这样就可以避开虫子的袭击；另外，尽量不要种植易发生虫害的品种，比如十字花科的圆白菜和菜花等，可以种生菜和莴苣菜这些虫害较少的蔬菜。若还是长虫怎么办？那就和虫子一起享用吧！反正也够吃。

蔬菜大都喜阳，日光越足越容易生长，种植西红柿、茄子、青椒、黄瓜等，不出一个月，便开花结果。这时需要打掉西红柿和茄子上的腋芽，让主枝向上生长；黄瓜需要搭架，我通常是在黄瓜藤的两边各插一根竹竿，顶部交叉，再用绳子将其绑扎住，在另一棵黄瓜藤周围也用同样的方法，两两平行，然后在顶部横放一根长竹竿，这样，黄瓜很快就能爬竿了。

与蔬菜一起生长的是杂草。我一般用密播的方法对付叶菜的杂草，西红柿、茄子和青椒地里则是杂草丛生。茄子地里的杂草混杂着一种野菜，叫大叶菜，我通常用它们包饺子；青椒地里的杂草是另一种清火的野菜，叫苦菜，我不消灭它们，留着，长到一定程度可以拔来吃；西红柿地里的灰灰菜和鬼针草等杂草都被我拔了。如果蔬菜是作为商品生产，很难不用除草剂，如今估计已经没几个人用锄头去锄草了。也能理解，农民的时间也要用来创造价值，可是土壤污染、农产品的农药残留等死循环又如何解决呢？

汉斯生菜

　　蔬菜花园现在受到越来越多人的青睐，所以我家后院的蔬菜花园经过改造后常会让我生出小小的得意来。每天在厨房洗菜做饭时，看着我亲手播种的小菜，从拱出地面，到绿油油的一层，再慢慢变成一小片绿洲，晨光和夕阳映照在上面，令我百看不厌。随时都可以去拔几棵葱，摘几片生菜，拔一把菠菜，简简单单就可以做一顿绿色美食。生活的便利程度、健康程度和美好程度瞬间提高了许多。

菜园 tips

西葫芦人工授粉

　　山居几年种植过好几次西葫芦，但从未吃上过，每次眼瞅着小瓜顶着花以为可以顺利生长，没过几天，小瓜就枯萎脱落了。后来才知道西葫芦需要人工授粉才能结瓜，当然也有极个别不用人工授粉也结瓜，大概是蜜蜂的功劳。

　　大多数植物都可以通过蜜蜂授粉而结果，但西葫芦需要人工授粉，通过我的观察大概原因有二：其一，西葫芦雌花早晨开放下午闭合，这减少了蜜蜂授粉的机会；其二，西葫芦并非总是雌雄花一起开。

　　人工授粉其实很简单，只需要掐一朵雄花，把花粉涂抹在雌花的花蕊上即可。也可以借助毛笔进行涂抹，时间最好选在上午雌花打开的时候。

　　西葫芦的雌雄花很好区分，雌花的花蒂处带着小瓜，而雄花的花蒂处很小。如果没有雄花，也可以借用其他瓜类的雄花。

　　西葫芦病虫害很少，生长也快，进行人工授粉后一定吃得到。

西葫芦雌花

人工授粉后收获的西葫芦

夏日花园

北方初夏的花园，一天中最舒服的是早晨，空气清凉如水，没有蚊虫叮咬，植物呈现出最好的状态。等太阳一出来，到处都明晃晃的，绣球的花和叶子被太阳一晒，都耷拉着脑袋，蔫蔫的，不忍直视。通常，我都是抓紧利用早晨的时间做花园工作，为生长迅速的月季绑缚，剪掉月季的残花，清理枯枝败叶，浇水，拔草，活多得好像总也干不完。初夏早晨的光线十分柔和，花草在柔光的笼罩下愈发显得有生命力，我常常呆呆地看着，等想起用相机去记录的时候太阳已经升得很高了。

初夏的时候可以撒播一些一年生的草花种子，还可以采收一些早春开花的花种，比如耧斗菜的种子。因为如果采种晚了，成熟的种荚开裂后，里面如芝麻般大小的种子不知会弹到哪里去，所以当看到耧斗菜的种荚由绿色变为褐色时就可以采收了。直接采下整个种荚，或只需把种荚的头弯下，轻轻抖一抖，种子就可以从种荚里掉出来了。

夏天花园最令人瞩目的，开始是绣球安娜贝尔，这种花先绿后变白，再变绿，到秋天又会变成褐色挂在枝头；接下来闪亮登场的是百合和萱草，百合品种很多，我最喜欢的是及腰的乳黄色的木门百合，还有同样高大且花期很长的卷丹百合等；萱草是宿根花，较低矮，在我家小花园一直作为镶边植物，虽然每朵花的花期很短，但花苞多，整个花期便会很长；福禄考荷兰小姐抗热性很强，天越热，开得越美，白花粉心给炎炎夏日带来一份独有的清凉。

安娜贝尔

安娜贝尔

花园常常会带来惊喜。有一次雨后，我去屋顶巡视，发现一棵葡萄树在没有剪枝、没有施肥、只是搭了两个架子任其自由攀爬、基本靠自然条件生存的情况下，居然结出很多葡萄。完全成熟的葡萄，即使是很普通的品种，也很甘甜。

当然，花园除了带来美好，也会带给我这个园丁很多烦恼，比如，蚊子和杂草。

除了冷凉地区外，其他地区一入夏，蚊子便不请自来，叨扰到立秋，甚至秋后。人类对它简直毫无办法。家庭小花园虽是我们的乐园，更是蚊子的乐园，为了避开它们我们得躲在屋子里。经常有朋友问："你的花园有蚊子吗？你怎么对付它？"有花有草还湿热的地方肯定都有蚊子，除了喷点驱蚊花露水，我能做的也只有冲出屋快速摘菜、整理花园，而后赶紧躲进屋。

对付花园的野草也是让园丁头痛的事，尤其到了雨水充足的夏天，几天的工夫野草便能长满一院子。我家后院虽铺满了蓝砖，但杂草也会从砖缝里冒出来，如果不拔除，不出一个月，这里就会像一个无人居住的荒园了。

但是事物都有两面性，我倒希望类似野草的紫苏能长得满院都是，事实上它们已在我家后院安家落户了，墙角背阴处尤其多，说明这种香草极耐阴。夏末紫苏会打籽，种子随风撒播，从墙缝里都能长出来。满院的紫苏倒也不错，因为食用方式很多，可以凉拌、炒蛋，或是做汤，包饺子也十分美味。

所以，如果你有一块地，就种点什么吧，哪怕只有几平方米，它也可以满足一个吃货很多梦想。

夏日蔬菜花园

清晨去摘菜

夏天最喜欢做的事，莫过于早晨去菜园摘菜。趁凉快，拿个篮子或大木盘，摘几个西红柿，生吃熟食都可以；摘几条丝瓜，做蒜蓉炒丝瓜，还可以摘几朵丝瓜花炒鸡蛋；再摘几片生菜叶，洗洗直接下肚。

改造后院小菜园是一个正确的决定。虽然不能全日照，但在春天播种，初夏就可以不间断地收获了。青菜每天都吃，边拔边长，地里的量丝毫不见少。摘一根黄瓜拍碎、剁段；掐几片荆芥，加盐，开胃小菜两分钟便好；汉斯生菜洗洗直接蘸酱吃；小油菜切碎熬菜粥；莙荙剁碎炒鸡蛋；油麦菜拌麻酱；苦菊切碎煮小米菜粥；有时只要莙荙和羽衣甘蓝的叶子，切碎后也可以做菜粥。以前一直分不清甜菜和红叶莙荙，等它们长大，拔了两行红叶莙荙后，才发现甜菜已经比鸡蛋都大了。还意外发现木耳菜种子掉在地里后可以自播。苦菊移栽后才一周多时间又长成一片。这些青菜因为新鲜，怎么做都很可口。

黄瓜

种菜的回报率非常高。六棵黄瓜就够我和先生吃一个夏天，产量最高的时候常常还没摘黄瓜就有点老了。种了十多年黄瓜，基本由着性子瞎种，后来才从邻居口中知道要"少种黄瓜多搭架"，意思是黄瓜特别能分枝，要不断搭架让它攀爬。黄瓜秧下长出的侧枝不要打掉，它一样可以攀爬很远，会不断结出果实。

夏天的蔬菜，用疯长来形容再贴切不过。瓜类只一晚就可以长一截，比如爬架类的黄瓜、苦瓜和丝瓜，一边向上长茎、长叶，一边长出细长的丝，如果遇到你为它搭的架子，丝就会缠绕上去，整株瓜借以攀爬生长；茄子、生菜，甚至石头缝里自播出的紫苏，也可以长成小树；香菜播种后没几天就可以吃了；黄瓜和丝瓜总是一不留神就长老了，送人不太好，包饺子又用不了几根，若做成腌黄瓜更没时间吃，即使是打汁也消耗量有限……这个季节，鲜嫩的蔬菜总是很多。

夏天植物的自播能力远远超乎我们的想象，连日照不足的后院，都生出了很多自播的紫苏；西红柿熟透后掉到地上，没多久又会长出一簇簇的小苗。有一年，后院有一棵自播的向日葵长得赛人高，它的根扎在砖缝里，从未浇过水，却结出了一个比乒乓球拍都大的圆盘，里面是密密麻麻的葵花籽。

绿意盎然的小菜园丝毫不输五彩缤纷的小花园，它是我家厨房窗外一道靓丽的风景，更是高级菜市场，各种菜现摘现吃，新鲜无比。每天在厨房忙碌时都能欣赏小菜园，绿色的景色仿佛也有营养一般。看着黄瓜和苦瓜每天努力向上攀爬，果实一天天成熟，就能感知生命积极向上的力量，夏天竟也让人觉得格外美好。

有时早晨在花园里干活，不仅不感觉辛苦，反而是一种享受。拔草、修剪、浇水、拍照等等，忙得热火朝天。浇水或拍照的时候往往会有意外惊喜，比如发现随手扔进堆肥池里南瓜瓤的种子居然发芽了，或是忽然看到变红的小西红柿……园艺就是在一点一滴的劳作中让你感到愉悦和满足。

蔬菜鸡蛋饼

将西葫芦擦丝　　　　　　西葫芦鸡蛋饼

我经常用叶菜做蔬菜鸡蛋饼，小油菜、小白菜等均可，简单又健康。自播的木耳菜，是早晨摊鸡蛋饼的好食材，这种菜肥厚，摘几片叶子就够，将其剁碎，加鸡蛋、面粉、少许盐、少许水，搅拌均匀，即可入锅摊。锅底抹油，舀一勺搅好的蛋液菜汁，摊匀，只需几分钟，一张薄饼就做好了。吃的时候蘸蒜汁，一人两张的量。

用鸡蛋、面粉和蔬菜混在一起摊成的薄饼，各地叫法不同：鸡蛋饼、咸食，或是摊片等等。不仅叶菜适合做这种饼，西葫芦和黄瓜也可以，可选的蔬菜很多。蔬菜鸡蛋饼可以当作主食，饼里有蛋有菜，也有面粉，营养很全，摊出的饼软糯，很适合老人和小孩吃。

秋日花园

秋天是四季中变幻最快的季节，只需一场雨或一场风，初秋立刻就会进入深秋。天气晴好的时候，恨不得躺在花园里晒一天，可一旦连阴雨，画风急转，仿佛瞬间由秋入冬，恨不能窝在被子里。北方就是这样四季分明，秋天也是这样让人又爱又恨，我们只能适应自然，并发现各季各时之美。

秋天的花园与春夏花园比，由于已经度过炎炎夏日，留下来的都是"花坚强"和"菜坚强"。

秋天是植物变化较大的时节，冬红果眼瞅着由黄变红，芒草呼啦啦全开了。秋天小花园里盛开的白菀最美，其他季节你可以忽略它的存在，但秋天一到，它立刻成了花园的主角；山桃草，花期很长，花色和叶色都很美；大丽花硕大的花朵，淡雅的颜色，也是秋日花园的焦点；福禄考荷兰小姐从夏天一直开到秋天，是当之无愧花期最长的花，值得种植。

这几年有越来越多新的花卉被培养出来并落户百姓家，比如白色重瓣银莲花、墨西哥鼠尾草、山桃草等，大丽花的花色也越来越多，它们在秋天都各有姿态。

完全是因为看到邻居花园的银莲花好看，我也动了心，但常见的多是粉色，单瓣居多，少有重瓣白色花。而我家的银莲花白重瓣，半人高，袅袅婷婷，仙气十足，有旁边的冬红果做背景，更能衬托彼此的美。

在京都植物园，我第一次见墨西哥鼠尾草，很大一丛，美极了，没想到第二年也可以在自己的小花园种植，粉紫色的花穗，令人欢喜。

大丽花，十几年断断续续地种，因为有几年容易倒伏不再种了，但这两年看到好看的颜色又忍不住了，买了三种颜色，开花后格外美艳。只是北方入冬上冻前需要把球根挖出来，等第二年再种到花园里。

秋天的花园盛开着这些花，弥补了以前秋花少的不足。

银莲花

墨西哥鼠尾草　　　　　　　　　　　山桃草

芒草

第二章　进阶小花园

花果菜推荐

北方值得种的花

球根类：
洋水仙、郁金香、花葱、风信子、百合等。

洋水仙算是球根类花复花性能最好且最能生球的了，两年工夫数量就可以增加一倍。

郁金香的复花性相对差一些，需要每年入冬前埋下球根，才会有第二年春天的美丽绽放。但它应算是球根花里开花最早、花色最多、花型最好看的花了。

花葱也是特别推荐种植的球根花，在洋水仙和郁金香开放之后、百合开放之前盛开，紫色的球形花，直立性非常好，复花性也好，耐旱耐瘠薄，将开过后的花插在瓶子里做干花也很美。

种植大花葱的历史算起来有七八年了。在大山居的时候，曾经在三九天冰冻三尺时用镐刨开冻住的土，把花葱的球埋进去，当时担心被冻坏，可第二年春天它却如期开放，这才知道花葱是极其耐寒的。房子卖了后有一年回去看，新主人忙，没时间打理花园，院里景象一片荒芜，但有几棵大花葱正盛开，有一种遗世独立的感觉，更有孤独沧桑的美感。就在那时知道了花葱耐旱，不用起球，基本不用操心。如今在小山居的花园里种了五六株花葱，春末盛开，开花后，我通常把半干的花球带茎剪下，插到没有水的花瓶里，让其慢慢变成干花，可以放很久。这几年经常看到大片的花葱被用在景观中，美极了。无论是家庭花园或是室外景观设计，大花葱都是特别值得推荐的球根花卉。

花葱

百合

　　百合也值得种植，复花性好，品种花色多，不用起球，在花园中的存在感极强，可以鲜切。百合很适合花园种植，平时基本不用管，每年都会盛开，但一定要种在向阳的地方，若是光照不足，茎秆会很细弱易倒伏，花苞也少且易消苞。我家花园的百合虽不多，但隔几年就会种上几棵，因为它的球可以在室外过冬，几年下来，数量也不算少。六月，百合植株高大，花色艳丽，香味浓郁，一跃成为花园的主角。

第二章 进阶小花园

爬藤类：
藤本月季、铁线莲、紫藤、凌霄、木香等。

如果要选花园藤本植物的话，我首推藤本月季。藤月长势旺盛，花色多，花型美，一棵藤月就可以铺满一面墙或一大块木栅栏，且开成花瀑，是爬花拱门最好的藤本植物。

铁线莲品种多，花色多，在北方几乎可以露地过冬，若是地栽长势非常旺盛，值得推荐。在院子里基本不用打理，春天早早就开了花。不过要注意一点，最好给它足够的生长空间，如果把铁线莲和月季混种在一起，前者会因为后者长势太猛而消隐。

炎炎夏日，橘红的大喇叭花开得热闹极了，正是凌霄花。我家这株凌霄有故事，是同事从老家挖来的，跟了我有十年，从大山居移到现在的小山居，虽然偏居在墙角但向上攀缘了十几米，且有小吸盘可抓墙，主干比拇指粗得多。因为凌霄花根系强大，不断有小苗滋生，需要不断拔除，否则可能院子里有一半都是它的子子孙孙。

紫藤开花时，像一片紫云，实在是太美。紫藤的爬藤性在藤本植物中大概是最强的，所以它是大型藤架，尤其是长廊的优选，很快就可以爬满，花开时从空中垂下，很美。只是花期有点短，因而更显珍贵。

月季如花瀑，点缀着墙壁和木栅栏

宿根花类：
灌木月季、耧斗菜、玉簪、福禄考、鼠尾草、绣球、萱草、芍药等。

绣球

绣球花中，我首推安娜贝尔。喜欢它素净的颜色，超长的花期，皮实的个性和不大不小的株形。无尽夏也开了，但没有安娜贝尔好管理。种植安娜贝尔符合我低维护花园的基本要求。

福禄考荷兰小姐

每年夏天总要推荐宿根花福禄考荷兰小姐，它优点太多了：首先是它的抗热性，炎炎夏日它是少有天越热开得越灿烂的花；其次是它的花色，淡雅优美，夏天看不得燥热的红色花，荷兰小姐的白瓣粉心绝不会让人有燥热的感觉；再是它虽身材高挑，但不易倒伏，虽然雨天它硕大的花头因为吸水会倒，但抖抖水便又直立起来；这种花的花期也长，从七月初可以一直开到天冷；耐旱更是不在话下。粗放管理，年复一年，春天时冒出，夏天开花，入冬枯萎。

楼斗菜

不同花色的楼斗菜

鼠尾草雪山

鼠尾草蓝山

白菀

　　耧斗菜是春天开花最早的宿根花，品种多，花型优美，花色也多。初夏结种子，可以自播，或人工采收后夏播。

　　鼠尾草的品种很多，花色花型差别很大，花期也不同，但都很美。湛蓝色花朵的蓝山，雪白色花朵的雪山，都在春天开放；似小鸟的樱桃鼠尾草，在夏秋开放；还有开成很大一丛的紫色鼠尾草，在秋天开花。鼠尾草管理粗放，只需开花后剪掉残花即可。

　　白菀的小花细碎、洁白，招人喜爱。它枝条细软，直立性差，通常匍匐在地，我不喜欢倒伏的花，唯独白菀，很喜欢。

风雨兰

　　从发现风雨兰冒芽到开花，只短短四五天的时间，速度之快刷新了我十多年种花的历史，这也是种植花草常常带给我的惊喜。有一年初夏，浇花时忽然发现花盆里冒出了很多芽，不到一寸，起初以为是叶子，第三天才发现是花葶，到第四天居然全开了。风雨兰每年都会以自己的小小盛开，提醒我它的存在。还记得第一次在菜市场门口看到别人养的风雨兰我是如何被震撼的，如今它又总会在不经意间带给我惊喜。诚意推荐。

月见草

因为月见草会到处蔓延，受到很多花友的诟病，但如果规划得当，比如种在花池里，限制其四处发展，它淡淡的粉色小花、超长的花期、耐旱的个性等很多优点还是会让它成为我种植的必选项。做野花也是不错的选择。我家种植蓝色阴雨的花池里种了月见草，蓝色阴雨花开时会遮住月见草，但凋谢后，月见草会在夹缝中努力生长，华丽盛开。这两种花虽挤在一起，但互不影响，相得益彰，清除起来也方便。在我看来，没有不好的花，只有运用不当的花。

垂盆草

萱草

垂盆草是非常好的地被植物，也可以栽在花盆里成为花园小景。

萱草好种易料理，夏天开花，虽然单朵花的花期不长，但持续开花的特性让它也拥有不短的花期。萱草大都较为低矮，所以做花境时可以放在前面，也可以作为围边的植物。萱草丛植比单株种植更美丽。

芍药是春天开花的大型宿根花，花色很多，有单瓣也有重瓣，虽不及牡丹雍容华贵，但也不似那般娇嫩，值得在花园里种植一两棵。

北方值得种植的蔬菜和香草

蔬菜类：
西红柿、茄子、青椒、黄瓜、叶菜类、木耳菜、韭菜、丝瓜等。

西红柿是这些年我种植数量最多的蔬菜，即使小山居可利用的种植面积不大，我依然在屋顶和后院种了三十多棵西红柿。

西红柿

西红柿有如下特性：第一，采收期长。从六月下旬至十月底，长达四五个月可以源源不断地产出；第二，产量高。一棵西红柿长得如小树一般高，上面挂满了一串串玛瑙般的小西红柿，可以熟透一粒摘一粒，持续好几个月；第三，口感好。西红柿亦果亦蔬，生食、炒菜或是做汤均可，中餐、西餐都离不开它；第四，种植容易，管理容易。可以买苗，也可以自己播种，种植一次后每年会自播。西红柿在生长过程中需要打掉它的腋芽，这样就可以让它一直往上生长；同时需要为它搭架、捆绑、用竹竿就行，稳固即可。

种植西红柿 tips

1. 关于施肥：我一般会在春天种植时翻入羊粪或鸡粪做底肥，生长期不再施肥。生长过程中再施些有机肥应该会长得更好或结果更多，不过我发懒没试过。

2. 关于浇水：西红柿比较耐旱，浇水时需要遵循浇花的"见干见湿"原则，即不浇则已，否则必须一次性满足植物要求的湿度，而后等土壤快干透时再浇第二次水；如果浇水过多，会导致只长秧不结果，或是烂根死亡。

3. 关于光照：西红柿喜光，不怕热不怕晒，全日照条件最好，若是光照少会影响其结果量。

4. 关于病害：西红柿也会有病虫害，我通常的做法是自己解决，不打农药。如果有虫子就摘了扔掉，如果染了重病就拔掉，但这些年遇到的病虫害很少。种西红柿十年，我从未打过药，因为种得多，即使有虫子和我们抢食，量也够了。大概也是因为不打农药，形成了良性循环的环境，鸟儿叽叽喳喳，病虫害反而很少。

5. 另外需要特别提醒的一点，西红柿通风很重要。它们常常会长成很大一丛且能维持几个月，若是不通风容易影响产量，也易发生病虫害。如果是阳台的盆栽，开窗即可；如果是地栽，植株之间的距离不能太近。同时，不断打杈也很重要，尤其六月下旬后，西红柿的生长速度很快，若是不修剪，新长的枝条也会结果，到时候就会无从下手。

与西红柿一样，茄子和青椒的生长期也很长，我把它们叫作蔬菜老三样，基本一起种植。需要注意的是，茄子在生长过程中也需要打掉腋芽，让其保留一个结果枝。

黄瓜是我每年都种的蔬菜。观赏性强，味道可口，管理简单，但是需要搭架子，一年可以种两次。我和先生两个人种三四棵黄瓜就够吃了，结果多时，一天就能摘七八根。

叶菜类也是我每年一定会种植的蔬菜。这类蔬菜的品种繁多，生菜、油麦菜、小油菜、空心菜等等。它们的生长期相对短一些，通常播种一个月后即可采食，基本边采边长，一般可持续采食两个月左右。

叶菜

木耳菜长得极快，不到一个月的时间，爬得菜园里到处都是，在全阳处长出的叶子比手掌都大，还开出一些小白花。如果盆栽既可以当绿植，又可以摘叶子吃。果实据说可以做植物染料，是极美的粉紫色。

木耳菜

韭菜值得种植，基本不用管理，可以年年生长。等三四年后将其挖出，分了根重新栽种，又可以茁壮成长。可以播种，也可以买根来种。可以地栽，也可以盆栽，观叶的同时还能用来包饺子、炒鸡蛋。夏末秋初盛开一片白花，丝毫不输任何园艺品种，并且可以自制韭菜花。

只要种过丝瓜就会知道一颗小小的丝瓜种子有多么大的力量！春天播下一粒，夏天就能长得铺天盖地。比如我家后院的丝瓜，种植后很快就能爬满木栅栏，接着继续往木藤架上爬，等爬满藤架后又垂下来，有时还能顺着墙继续往上攀爬，产量可想而知。丝瓜的吃法很多，花可以裹面粉炸着吃，丝瓜藤尖烫了凉拌又是一道既好看又好吃的小菜，如果用小薄饼卷着吃更是满嘴清香。丝瓜还有一个突出的优点：不生虫，没有比它更有机的蔬菜了。秋后，可以收获不少丝瓜络，丝瓜络也是好东西，用它刷锅碗基本不用洗洁精，我家已经用此方法十几年了；也可以用它做搓澡巾，或是鞋垫，据说透气性很好。

丝瓜络

香草类：
迷迭香、罗勒、紫苏、荆芥。

每年都要种一些香草，主要有迷迭香、罗勒、牛至、洋甘菊、紫苏、荆芥等等。香草品种很多，喜欢它们独特的味道，烹饪中也常会用到。

我最喜欢迷迭香的香味，它是我烧烤的秘密武器，在烤土豆时剪几枝放入非常提味。它是一种多年生植物。北方的冬天，迷迭香可放入室内。

很喜欢罗勒鲜枝条的味道，晒干后会淡很多。用罗勒做过一次青酱，不是很喜欢，用来炒鸡蛋味道很浓，也不太喜欢，但做比萨酱的味道很好。罗勒虽是一年生，但易播易长。

罗勒

百里香有股淡淡的清香，烤西红柿或烤鸡时放一些，味道很特别。在北方，百里香也是一年生，年初买苗，秋天时可以长很大一丛，开小白花，不仅味道好闻，也具观赏性。

紫苏是中国的香草，味道特别，喜欢的人每天都想吃，不喜欢的则丝毫不沾。紫苏切丝凉拌，或是炒鸡蛋均可，裹肉吃也很爽快，炖鱼时放几片可去腥。我家后院全阴的环境，适合紫苏，它们基本长在没有土的砖缝里，我从未浇过水，全部自播，最终长成了一大丛，小树状，完全出乎我的意料。这就不难理解为什么在一些山区能经常看到野生的紫苏了，因为它的生存能力太强了。

还有一种香草特别值得推荐，那就是荆芥。它比罗勒和薄荷的味道更柔和，叶片比较薄，香味淡淡的，但是特别好闻。荆芥拌黄瓜就是一道简单的小菜：掐一小把荆芥，切碎，放入拍碎的黄瓜中，加少许盐，搅拌，即可上桌，味道清香。吃面条时也可以放一些。这些年，种过无数香草，只有荆芥最合我口味。它是一年生植物，播种发芽率很高，可随时播，掐尖吃，随掐随长。如果家里空间不够，盆播也可以。

荆芥

北方值得种的果树

葡萄、无花果、杏、冬红果等。

如果有地方，种一棵葡萄吧，树上熟透的葡萄口感极好。我家种植的这棵不知名葡萄树，吃的时候不用吐皮，葡萄籽脆脆的，也可以吃。

无花果也特别值得种，盆栽地栽均可，但盆栽远不如地栽产量高。无花果品种很多，布兰瑞克在北方完全可以无防护过冬；青皮耐寒能力稍差，还是小树时过冬需要做些防护，长成大树入冬就不用管了。

无花果

布兰瑞克无花果

　　山居这些年，杏树是我家种得最多的果树。在大山居时，种了五六棵杏树，品种不同，采收期不同，五月能吃早熟杏，七八月能吃自播的野山杏。水池边的大黄杏，熟透时经常啪嗒啪嗒往水里掉。大黄杏个大似桃，甜如蜜，熟透的杏软软的，一掰两半，呲溜一吸，甜甜的杏汁就下肚了。都说杏吃多了容易上火，我可从未上过火。搬到小山居后，花园小，没地方种果树了，但我在山上发现了好几处杏树林，应该是以前山民种植的，没人管就变成了野山杏。黄杏居多，生食口感差一些，但我常摘来做杏酒、杏酱和杏酵素。有一处开发商种的杏树林，林里有几棵大白杏，去年我和闺蜜两人偷跑进去摘着吃，最后还一人揣了一兜回家，像极了小时候在村子里会做的调皮事。

　　杏树耐旱、耐寒、耐瘠薄，掉落在地上的杏核也可以自播。因为结果早，虫害少，苹果和梨等果树没法与之相比，所以基本不用担心打农药的问题。

冬红果

冬红果是少有的一年四季皆是景的果树。每年春天盛开一树白花，夏天结一树小绿果，秋天又变成小黄果，到了冬天，仿佛一树的红玛瑙，晶莹剔透。

冬红果的春夏秋冬

北方值得种的花灌木

猬实、丁香、木槿、紫薇等。

猬实

猬实是国家三级保护植物。它有极强的耐寒、耐旱特性，在相对湿度过大、雨量多的地方，反而生长不良，长江以南应该比较少见。

我们家这棵猬实是十几年前驱车百里从一个苗圃拉回来的。当时在山里大花园种了两棵，一棵被移到现在的小花园，另一棵留在了大山居花园的山坡上。我记得有一年回去看我的花，当我顺着小路往里走的时候，忽然看到山坡上开爆的猬实，一树粉色的花球，特别震撼，因为土层极薄的山坡基本存不住水，那时候我才知道它原来是那么耐旱、耐瘠薄，当然肯定也耐寒，不然不会度过一个又一个寒冬。

猥实

  而被我移到小花园的这棵猥实,先是种在院子中间,因为当时只是不大的一棵花灌木,也不占多少地方,谁知它越长越大,不得不将它移到花园的西北角。如今在小花园里,它已变成一个庞然大物,春末夏初则会开成巨大的花瀑。

冬日花园

在北方，如果你有一个户外花园，每年入冬的时候，都得做好过冬的准备。准备得越充分，花草受冻害的可能性就越小。

和在大山居一样，入冬前总有干不完的活：浇一遍上冻水；尽可能包裹风口的月季，在北方，月季过冬面临的不是冻害，而是被风抽干，而若是背风向阳的地方，就不用太过担心；需要搬进屋的花草树苗一定不要漏掉，千万不要有任何侥幸心理，除非你不想要它；球根类也不能忘记，百合、花葱、洋水仙、郁金香等不必担心，大丽花的根茎必须挖出，找泡沫箱子往里填上沙土，再将大丽花的根茎埋入，放到室温不低于零下三四度的非暖气的屋子里。另外，一定记得放空花园浇水系统的水。

第三章

亲近山林，收获家的另一种味道

第一节

山林四季

春天走过山间

　　以前一直以为北方春天的山里灰突突的了无生机，虽有杏花和桃花，但整体还是灰色调，过了五一才能春意盎然。直到山居之后，我才发现自己想错了。早春三月，只要走进山里，就能发现生命在萌动，在生长。

　　山居的时光，周末的早晨起床后，我会带着小雪去巡山，小雪是我养的一只金毛。周末不赶着去上班，在山里想去哪儿就去哪儿。

　　春天，山上杏花和桃花开得最早。小雪比我跑得快多了，但每走一段都会坐下来等等我。有时它被草丛挡住，我叫它的名字，很快它又会冲到我面前，这么蹦蹦跳跳，它走的路比我多一倍不止。

桃花盛开

　　小山居周围的山都不高，大概二三百米，不一会儿，我们就到了半山腰，这个高度足以俯瞰这片常来常往的土地及周边的环境。一开始，我大都顺着可见的小路往上走，也不知道这路是谁开辟的，他们上山去做什么，所以常常就无路可走了。因为有过被困半山腰的经历，所以即便是带着小雪，也不敢随便爬野山。

山下的水库

　　山下有个小水库,我平时围着它快走锻炼身体,一圈下来大概半个多小时,走两千多步。爬上对面的山往下看,感觉水库的面积要比平视时小得多,像是一大盆水。从山上往东看,杏花点点。从这座山翻过去就是市区了,这二三百米的高度,却能把城市的喧嚣隔在另一边。

　　这时草还是枯黄的,树枝基本是灰色,间或有一些桃花与杏花,或者几点绿色的柳树。可如果仔细看脚下,小草其实已经开始冒芽,还能看到不少野生韭菜。掐几根尝尝,与人工种植的辛辣味差不多,但又稍甜一些。桃树上经常挂着干瘪的桃子,提醒我们这些山居客,待桃子成熟时记得来享用。

小满，带着小雪去巡山

小满，是夏天的第二个节气，意为夏熟作物籽粒开始灌浆饱满，但还未成熟，只是小满，还未大满。因为惦记着山里的果子，周末的早晨我就又带着小雪去钻山了。这时候走大路还好，如果走人迹罕至的小山路，一定得小心一些。

即便是遇到旱年，山里野生的大树和灌木都不会因为缺水而影响生长，一些小路两边的树无人修剪，几乎都长到了一起，需要披荆斩棘才能前行。若是遇到酸枣树，还要小心树上的刺，避免扎到身上。同时，蜘蛛网也会不间断地扑面而来，它们的隐蔽性太强了，等你感觉到脸痒，那些网早已劈头盖脸将你包裹了。

有山的地方应该都有果树，山里的果树最早应该都是山民种植的，所谓野果，应该也是人工种植而后被弃养。山里的动物或是鸟类常来光顾，携带着种子四处走开，种子落地，遇到合适的土壤和气候就发芽生长，时间久了就慢慢长成一棵大树，开花结果。因无人管理，山里果树的结果量完全看当年气候。

北方山区最多的果树应该是杏树吧，还有酸枣树，即使将它种在岩石缝里也可以生长，这一点大概没有果树可以比。它们的果核掉在地上也可以长出小苗来。我和先生平时吃杏，常把杏核随手丢在院子里，所以前后院经常可以看到长出的小杏树；而杏核在山里常有松鼠和各种鸟帮忙，不论被带到哪个角落都可以发芽长大。果树结果一般是大小年交替进行，小年的时候，或许是因为前一年杏树结果太多，或春天杏花开时总刮大风，就看不到硕果累累的景象。

小雪总跑在我前面，不时回头张望

桃树在北方也比较多见，但是桃树容易生虫，因为不仅桃子本身容易招虫，连树干也躲不过虫子的侵扰。山里有几棵硕大的桃树，树干已经变成了黑色，不知道是虫害还是病菌入侵，所以能吃到山桃的机会并不多。

山楂树山里虽然不多，但都长得比较好，结果也不少，病虫害也少，山里的动物好像不喜欢山楂，所以秋天的时候可以捡不少。

苹果和梨树山里也有，但较少，不知是不是因为果核太小，很难自己长大，或是需要更多的人工管理，不像杏树和桃树那样，完全可以自由生长，开花结果。

北方有"前不种桑，后不种柳"的俗语，大概是"桑"与"丧"同音的缘故，所以北方庭院很少见到种植桑树，因此，我一直希望在山里能见到桑树。功夫不负有心人，仔细找，还真被我找到一棵，已结了不少桑葚，摘下几个尝了尝，还未完全变黑成熟，但已经酸酸甜甜，很可口，与在市里买的味道寡淡的桑葚相比，口感完全不一样。

还见到几棵核桃树，应该是早些年人工种植的，稀稀拉拉结了几个核桃。核桃的叶子有一股特别好闻的味道，读高中时，记得校园里有棵巨大的核桃树，那时候总会摘几片核桃叶子闻了又闻。

巡山时总会发现一些以前没见过的野花野草。有一次看到一大片不知名的花，用识花软件搜，才知道叫刺儿菜，叶子边缘有刺，花基本已经变成一个个小毛球，摘一个放到手心里可以变出各种图形，细看结构精密。我非常喜欢，便摘了一大束回家插瓶，没想到和屋子搭配起来也很美。

路过水库的时候，小雪在我的默许下，用它熟练的狗刨下水畅游了几分钟，也算洗澡了。

夏日山林茂密葱绿

有差不多一个月不下雨了，花园里的花草还能浇水，有点担心山林里的花草树木能否安然度过干旱的初夏。

带着问题，带着小雪，我们一起走进山林。进山之后发现，自己的担心完全是多余的，山林依然茂密葱绿，优胜劣汰的自然法则使得多年形成的植物群落足以应对恶劣的气候。

山林草丛中的小雪

如果你认为初夏的山林是寂静的，那你就错了。早晨，这里总会上演一场又一场音乐会，一会儿是蜜蜂采蜜的嗡嗡大合唱，一会儿是各种小鸟的歌咏比赛，被惊飞的野鸡会偶尔"咕咕"叫几声。所以即便是只有一个人的山林，你也一定不会觉得孤独寂寞。

山中总有惊喜等着我们，黑枣树正是盛花期，蜜蜂在树周围嗡嗡飞舞。走在树下，不断有花从树上掉落，滴滴答答如雨一般。黑枣大概是鸟儿的食粮，否则不会有如此多的黑枣树，大概是鸟儿边吃，枣核边掉落，不知不觉，黑枣就长满了山林。

初夏，山林里开花的植物已经不多了，春天的桃花也已变成小桃。但路遇的几株开着白花的花灌木让我惊喜万分，不只花好看，叶子也很美，只是我叫不上名。这片山林的草木总是让我着迷，山路旁的缓坡上有成片的夏至草，只是已近枯萎；林下一簇簇不知名的草还是初春时的模样，美极了，感觉胜过市售的任何一种观赏草；还有一种更加纤细的草，结出的草穗也细细弱弱；更有一种草，可以结出如星星一般的草穗，也很美。山林里的草，无人打扰，好像都有一股仙气。

北方夏天的山里，最早能吃的果子也是杏吧。每年杏熟的时候，红红的果子挂满枝头，无人采摘。如果不是因为春天杏花盛开时我正好偶遇了它们，也不会知道山林深处会藏有六七棵树龄至少有十几年的杏树。

盛夏的果树

构树

　　山林果树众多，从来不缺果实。漫山遍野都是构树，我家周围最多的应该是构树果。盛夏正是构树果变红的时节，一树红灯笼般的小果子煞是好看。构树分雌雄，雌树结果。这种果子吃起来甜甜的，黏黏的，籽嚼起来也是咯吱咯吱的，口感不错。小雪很爱吃，我也常在雨后摘几个冲洗干净吃。

　　构树可是好树种，耐寒耐旱，孤植可以长成很大的树冠，可做城市的行道树；树叶可造纸，也可做饲料。构树也串根生长，一到夏天，山里的小路就被构树搭建出天然的绿廊。构树果是鸟儿的美食，作为山林间的传播工具，它们把果子撒播的到处都是。

黑枣树

山林的桃树应该也是野生的，因为桃子的个头不大，没什么甜味。桃树结果也稀稀拉拉，春天时桃树开花早，但结果时其他种类的树正枝繁叶茂，小桃不得不在树荫中顽强生长，所以结果很少。不过在这山林里，桃树结与不结、结果多少有谁在乎呢？它们不是果园里作为生产资料的桃树，而是这世界上万千树木中的一棵，自由自在生长就好。

黑枣树，好像没有大小年之分，或者说，根本没人注意这种树有没有大小年，因为黑枣的果子很小，核多，口感一般，现在很少有人吃了，也不被市场青睐。黑枣树是嫁接柿树的优良砧木，要我看，大自然中的所有东西都有它的价值。

北方山林里的枣树也很多，大枣少一些，酸枣倒是漫山遍野，就连石头缝里也可以冒出酸枣树来，秋天变红后观赏性佳。另外，酸枣仁对失眠有一定的改善作用。

梨树，应该先由人工种植而后变为野生，是由杜梨树做砧木嫁接而成的。山上的几棵梨树无人管理，也结果，半大的时候已经有甜味了，品种像是鸭梨，只是梨树病虫害多，不知最后能有几个修成正果。

摘杏

杏树

我非常喜欢吃杏，山居时最开心的事之一，就是自端午小长假开始的摘杏时光。杏树品种很多，成熟期相差很大，从五月一直到七月，都可以品尝到完全成熟的杏。其中大白杏最好吃，个大如桃，汁甜如蜜，咬一个小口，就能一口吸入，如同喝了蜜，但又不腻。黄杏分为大黄杏和小黄杏，我家曾种过大黄杏，如小桃子一般的个头，熟透了特别甜。黄杏的味道与白杏完全不同，前者酸甜适口，后者如蜜般甘甜。山里多见的杏树，结的果实既不是白杏也不是黄杏，而是半边绿半边红的品种，生食口感差一些，但做杏酱很好。

摘杏，满满一筐

七月，有时我和先生会在周末早晨带着小雪去摘杏。我们山居的那几年，掩映在树丛中的这几棵大杏树一直没被别人发现，到了成熟季节，累累硕果挂满枝头。摘杏时我负责指挥，先生个高，也灵活，可以跳上跳下采摘。我们摘了五袋，满载而归。

养蜂

养蜂的愿望由来已久，开始山居生活后，看到满山盛开的槐花，心里就播下了想养蜂的种子。只是很多时候，我们总是被想象的各种困难禁锢，比如我一直以为养蜂是一件极具技术含量的工作，所以山居七八年，只有心动却没有行动。

搬来小山居后，这里的山林有更丰富的蜜源，满山的荆花、槐花和枣花，四大优质蜜源就占了三个，养蜂的念头便再起。第三年的五一假期，我和先生终于去一个县里的养蜂合作社买了两箱意蜂，拿回家后放在后院的墙角。只是花园菜园让我无力分心，竟完全忘记了它们的存在。

六月的某一天，忽然想起自己还养着两箱蜂，也才想起看看它们是不是酿了蜜。穿好防护服，小心打开蜂箱，看到以前空空的蜂巢板上已经筑满雪白的蜂巢，蜂巢里已经满是晶莹剔透的蜂蜜，其中多半已经封了盖，当时我就惊呆了。

彼时密密麻麻的蜜蜂正飞来飞去忙着运送蜜，没空理我。我趁机提起蜂巢板，用刀割下晶莹剔透的蜂巢，将其放进一个大盆里，满满的，至少有十几斤。因为没有摇蜜的机器，我们便直接吃蜂巢蜜了。第一次割蜜，收获颇丰，我还把余出的蜜分装进小瓶带给单位的同事，每个人都如获至宝。养蜂的愿望终于实现，蜂蜜多到超乎想象，那时简直觉得自己中了彩票。

穿戴严实去割蜜

第三章 亲近山林，收获家的另一种味道

221

蜂巢蜜

蜂蜜柠檬

　　七月中旬，趁着雨后天气凉快，下班回家换上长衣长裤，穿上长筒雨鞋，准备实施第二次割蜜计划。这次只有手上被蜇了两下，不过又收获了一大盆蜂巢蜜。仔细看，蜂巢白白净净，结构缜密，极好看。这是蜜蜂一点一点筑起的用来装蜜的地方，其实它们才是世界上最伟大的建筑师。荆条蜜晶莹剔透，毫无疑问是相当优质的蜜，据说纯天然蜂蜜可以经年储存，不易变质。

　　我做了几瓶蜂蜜柠檬，方法简单：柠檬切片，码入瓶中，倒入蜂蜜，加盖密封即可。放置几周，等柠檬与蜂蜜完全融合，就可以加水冲泡饮用了。

秋天的果实

山楂与柿子

秋天，该收获黑枣和酸枣了。早些年还有人做酸枣面拿去卖，市场上也偶尔能看到卖黑枣的，如今很少有人再吃这些了。鸟儿爱吃黑枣，山林里黑枣树很多；酸枣生长能力强，漫山遍野也随处可见。这片酸枣林应该是卖给某些制药厂了，因为酸枣仁是很好的助眠物。有时附近县城里的妇女也会来这里摘酸枣。秋天，熟透的酸枣挂满枝头，有的会自己落下来，铺满地面。有一年我摘了一些做了一瓶酸枣酒，密封好几个月后尝了尝，酸枣味很浓厚。

一年秋，我去山里想看看柿子，那一年应该是柿子的小年，往年如小红灯笼似的能挂满一树，那一年只有很少几个挂在树梢。柿子树普遍很高，果实又都高高在上，所以采摘比较困难，通常需要借助特别的工具，但在这山里可以自制工具：找一根带树杈的长树枝，拿在手里举到树上结果的地方，用树枝上的树杈拧一圈，一个柿子就能摘下来了。野生柿子很甜，与市里卖的寡淡无味的柿子口感完全不一样。

山楂树应该也是由人工种植变为野生状态。大概因为山楂酸的缘故，鸟儿不怎么亲近，所以只要见到一棵山楂树必定硕果累累。

摘山楂

山居这几年,差不多把附近山上的果树都找遍了:杏、桃、梨、枣、柿子、山楂等等,好像除了苹果,只要是北方的果树这里的山上都有。

其中发现山楂树三处,共五六棵,都在山林里,每一棵都挂满果实,但个头很小。山楂熟透后会自己落下来。有一年的十一假期,我上山去采摘了一些准备做山楂酒,但这时候的山楂很酸,虫蛀也多。过了两周,想着味道应该更好一些,便又带小雪去采摘。和两周前相比,这次山楂的口感完全不一样,吃起来沙沙的,糯糯的,不再只有酸味,还略带一丝甜,随手擦擦一口气能吃好几个。

雨后的山楂树特别好看,一树红彤彤的果实,开始我只拣个大的摘,后来因为树的晃动,很多山楂噗噗地往下落。于是我直接摇树,山楂像下雨一般噼里啪啦落了满满一地,我挑拣了一些没有虫蛀的,满载而归。

摘山楂,收获颇丰

红彤彤的山楂

有一次，我无意中在家门口的一片林子里发现一棵结满了红果子的树，基本判断是山楂树，可带小雪顺坡下去再返回时却找不到这树了。便叫上邻居，她站在坡上"定位"，我顺着坡从下往上找，我们两个人不断隔空喊话。功夫不负有心人，居然找到了，仔细一看，果真是山楂树，果子也比之前在山里见到的大一些。我摘了一包，回家后做了一大瓶山楂酒，还有一小瓶山楂醋。

做山楂酒和山楂醋着实不易，三四棵树只够摘一包，还要挑出没有虫蛀的，能用的山楂所剩无几，勉强可以泡制一大瓶酒和一小瓶醋。三个月后，就该下雪了，等那时打开这酒，便可和老友围炉夜话，把酒言欢了。

摘花椒

花椒树耐寒、耐旱、耐瘠薄，北方也常见，基本不用管理，种植后三四年就是长满花椒、浑身是刺的小乔木了。花椒树分枝多，刺多，常用来做果园的植物墙，密植长大后，带刺的枝条交织在一起，比墙更美观，也更实用。还在大山居时，我曾买了一百根比筷子稍长的小木棍花椒扦插苗，在围墙外种满，三四年后就是一面密不透风的花椒墙了。

我家花椒用量很大，每周包饺子都要抓一把炸花椒油调馅，这也是我的秘密武器。自从看到小山居附近的山里也有花椒树后，我便惦记着，等它们熟透周末去摘。

花椒

花椒

摘花椒可不是容易活,树上布满了刺,不小心就会被扎。一开始我一只手揪着花椒枝,另一只手拿剪刀剪,后来觉得这样太慢,就直接用手揪。一个人一早晨也摘不了多少,还要忍受蚊子的狂轰滥炸。以前觉得花椒卖得贵,现在不这么想了,没有什么比劳动更值钱了。

插在瓶中也很具观赏性

进山摘核桃

核桃树

秋天周末的早晨,我会带着小雪去山里摘核桃。山路两边的青蒿已长得比人还高,路都被封死了,披荆斩棘才慢慢拨云见日,同时需要小心脚下被夏天的大雨冲刷出的高高低低的浅沟。走到核桃树前,一树核桃没剩下几个,落在地上的也都不见了,想来又是被松鼠们搬走冬储了,于是我推测核桃肯定也长饱满了,因为松鼠比我们更清楚食用核桃的最佳时间。

还在大山居时,核桃成熟的那几天我们总要和松鼠抢时间,但那时我和先生只在周末上山,松鼠就有余裕的时间。如今可以每天山居了,却依然抢不过它们。罢了罢了,留给它们冬储吧。

深秋静心体验四季轮回

深秋的山林，许多树的叶子已经落光，柿子树、黑枣树和核桃树只剩灰突突的树干和横生的树杈，还有挂在枝头的些许果实。构树的叶子还没落，这种树的繁殖能力很强，如今在窄窄的山路上形成了真正的"绿色通道"，人走在路上，仿佛置身时间隧道一般。

一个人走在山林里，除了鸟的叫声，周围静得可以听到树叶掉落的声音。走进山林，再浮躁的心也能慢慢静下来，去关注树木和野草，还有石头缝里的小草和石头上的苔藓。这时你会发现，那些原本平平淡淡的植物，竟有别样的美。

北方的山林，用不了多久树叶就会全部落光，山色灰蒙蒙的，以前觉得这种颜色了无生机，但自从山居后，慢慢对轮回的每个季节都欣然接受，它们其实有各自的美。

深秋的山林别有一番韵味

深秋的柿子树

把自然之美带回家

　　山居的好处之一是一年四季都不用买花。初春及秋冬花少的季节，山林里的枝叶，甚至野草都是好的花材。比如播娘蒿，本是麦田里的杂草，农民会买除草剂杀灭它们。初夏时，我在路边采了一大捧，拿回家后插在土陶罐里，放在家里两年多了，还是觉得好看。每次行走在山里，看到好看的树枝和枯草总要捡一些拿回家，再配合自家花园那些干枯的草和花葱，摆得家里到处都是，真成乡村风格了。

　　玫瑰结的果，加上刺柏和柳条，可以扎花环。做起来不难：先用垂柳的枝条做一个环，然后用园艺铁丝线把松柏的小枝条捆扎在环上，再将红色玫瑰果或是海棠果等别入线中，捆绑结实即成花环。这些材料久放不坏，可以点缀家里好一阵子。

山林里的枝叶就是好的花材　　　　　　　　　山里的野花与陶罐很搭

捅马蜂窝

花园里不时就会出现马蜂窝。有一次我在西墙的木窗台上发现了蜂巢，看到时已经比碗口都大了。还有一次是在冬红果树上，一直没注意，直到被蜂蛰了才知道树上有个不小的马蜂窝。通常我不会理睬，野蜂虽然不产蜂蜜，但我不忍心把它们辛辛苦苦搭起来的家破坏了。可是被骚扰久了就无法忍受了，尤其是被蜂蛰，虽然刚开始并不是很疼，只比针扎略疼一些，但过两天被蛰的部位就会肿，并痒疼好几天。我便开始寻觅四周的蜂巢，好在并不难找，野蜂通常会将巢筑在避雨的建筑物下，甚至就悬挂在树上。

捅马蜂窝之前，穿好养蜂时必备的防护服，拿一根长长的竹竿，离马蜂窝的距离远一些，只需轻轻一捅，野蜂巢就会掉落。

第二节 山居手作之旅

青杏酒

杏酒通常用青杏来做。当杏子长到一定个头，但还没完全成熟时，就是做青杏酒的时候。

山居的第三年开始做青杏酒，只需一个月就可以品尝，这杏酒太好喝了，酸酸甜甜，还有一股杏仁的清香。于是，坚定了我每年做这酒的决心。

与其他自制果酒比，它的味道酸甜，而非单纯甜，我和先生分析，是青杏本身的缘故，因为同时泡制的樱桃酒毫无特色。

青杏酒呈淡淡的琥珀色，颜色很好看，而樱桃酒呈土红色，这样一比樱桃酒又黯然失色了。

第三章

235

亲近山林，收获家的另一种味道

琥珀色的青杏酒

刚采摘的青杏

泡制青杏酒

青杏酒不是发酵酒，不必担心有害成分的产生。

制作方法很简单：准备一个玻璃容器，一层青杏，一层冰糖，最后倒满白酒或伏特加即可。

我用伏特加和在超市买的18元一大桶的白酒做了对比实验，刚开始喝时用伏特加泡的口感更好，但经过几个月的泡制，味道基本无差别。

杏 酱

杏酱的做法很简单：去掉杏核，将果肉放入锅中，根据自己的喜好酌情加糖，开火熬煮，无须加水，边熬边搅动，很快就能出果胶。熬制时间也根据自己喜好来定，喜欢酱里多果肉，时间就稍短一些；喜欢稀烂黏稠，时间可长一些。熬好后装瓶即可。瓶在用之前最好用开水煮，消毒杀菌。杏酱装瓶后先倒置，晾凉后即可长久保存。

晶莹剔透的杏酱

玻璃瓶消毒

做好后先倒置，之后可长久保存

杏汁沙拉

做杏酱过程中熬出的杏汁可以单独舀出，装入消毒后的玻璃瓶里，也可长期保存。想吃蔬菜沙拉的时候，可以用杏汁做酱汁，只需淋在蔬菜和各种坚果的表面，搅拌，即可食用。这是我自己琢磨出的办法。有一次去韩国，吃的蔬菜沙拉味道酸酸甜甜，不知配的是什么酱汁，后来便自己琢磨熬制杏酱，结果用杏汁一试，感觉与在韩国吃到的味道很接近。

杏酵素

杏一旦成熟，一树的果子都会变软，不能储存太久，但一次也吃不了太多，我便想着可以做酵素。

山里的杏，往往也是几天的时间就全熟透了，如果没人采摘，就会掉落化为泥，很可惜。每到这个时候，我就会进山捡一些熟透掉在地上的杏，拿回家做杏酵素。

杏酵素可以长久保存，兑水喝，酸酸甜甜。做法很简单：去掉杏核，准备一个玻璃瓶，一层杏肉，一层白糖，按照这样的顺序一层一层码，最上一层撒白糖，而后盖上盖子密封。慢慢地，杏肉就会与白糖融合，一点一点往下沉，三四个月后，杏肉会沉到瓶底，而杏肉上面的汁液就是酵素。这里稍作提醒，喝的时候需要兑几倍的水。

桃酱

准备足够的桃子

桃酱，放入小玻璃瓶储存

长在山里的桃子，大概因为长相平平，很少有人特意采摘，但我总觉得任其落地为泥浪费了大自然的赠予。于是每年桃子成熟的时候，我便带着小雪进山摘些桃子拿回家做桃酱。

桃酱与杏酱的做法一样：洗净桃子，晾干，取出桃核，熟透的桃子若是离核用手一掰两半非常省事，接着把果肉放入锅中，加白糖或冰糖，熬煮，边熬边搅动，直到浓稠，桃酱便做好了。准备好的玻璃瓶依然需要用开水煮，做到消毒杀菌，而后装入熬好的桃酱，拧紧玻璃瓶盖密封，倒置，晾凉后放冰箱保存即可。

山楂酱

一下午时间，做了四大瓶山楂酒和一小瓶山楂酱，用去一大盘山楂。因为野生山楂不施农药，虫子很多，需要把有虫眼和被虫蛀过的一一挑出，再一一去核。买了专门的去核工具，但并不好用。看到网络上网友分享的经验：先把山楂煮熟后再去核。可山里的有机山楂不适合这种方法，得先一一剥开确认虫害情况。

如果是熟透的山楂，用力一捏就可以打开，直接把核拿出，再去蒂，就可以做酱了。

山楂入锅

正在熬制山楂酱　　已经熬制好的山楂酱，放入玻璃瓶储存

山楂酱的做法简单易学：山楂果肉放入平底锅中，最好选用锅底厚一些的，加冰糖或白糖，量多量少根据自己的喜好而定。于火熬煮，期间不断加水，水量根据熬煮过程的稀稠情况而定，熬至黏稠即可关火。所用材料也不必非按配方走，可随自己情况增减。

有几点需注意：

第一，熬制的过程必须边熬边搅动，以防变煳。

第二，熬酱的同时，依然需要将玻璃瓶、瓶盖等用开水煮过消毒。

第三，酱装瓶后拧紧瓶盖倒置几分钟，而后正放。经过这个过程的任何果酱，可放置一年以上而不易发霉变质。

若是顺手做山楂糕，需要果肉细腻，用料理机把山楂打碎，这个过程不可放太多水，否则之后熬煮的时间会很长；但水也不能太少，否则不易把山楂全部打碎。可以逐渐加水，直到果肉全部碎裂为止。

熬煮就简单了，不断搅拌即可。这期间随着果酱变稠，会有酱飞溅出来，所以最好从一开始就选用深口锅。

熬山楂糕的时间很长，熬制结束的信号是黏稠到搅不动为止，水分越少，越有利于成糕状。

山楂酒

山楂酒

　　山楂酒的做法与青杏酒基本一致。需要的材料：山楂、白酒、冰糖，以及泡山楂的玻璃瓶。做法也简单：挑选出无虫蛀的山楂，洗净，晾干，放入瓶中，按照一层山楂一层冰糖的顺序码好，倒入白酒，加盖拧紧密封即可。一般三个月后就可以喝了。

南瓜玫瑰花卷

自己种出的果蔬总是分外珍惜，即使是一个南瓜，也会想尽办法做各种美味。除了熬粥和蒸熟直接吃，南瓜还可以做玫瑰花卷。

南瓜玫瑰花卷看起来复杂，做起来其实不难：南瓜蒸熟，碾成泥，面粉混合发酵粉，分几次将南瓜泥混合进面粉，揉成面团，覆盖保鲜膜等待发酵，把发好的面分成若干小剂子，用擀饺子皮的方法将剂子一一擀开，五六片叠在一起，从中间切开一分为二，从下往上顺着卷，整理好竖起来即成玫瑰花。

新鲜出炉的南瓜玫瑰花卷

制作时几点需注意：

第一，擀皮时不要放太多面粉，否则"花瓣"不容易粘在一起。

第二，擀的面皮需要中间厚四周薄，这样"花瓣"容易塑形。

第三，若想花型饱满，可以多叠一层，六层比五层看起来更丰满。

第四，玫瑰花的颜色可随自己喜好而改变，比如若将南瓜替换成紫薯，做出的玫瑰花卷就是紫色。用全麦面粉做出的花卷颜色暗一些，如果用普通面粉颜色会更亮。

木槿花皂

我一直很喜欢手工皂，但之前从未想过有一天自己也能做。拥有的第一块手工皂是在南非乡村的小店里买的，形似一个小脚丫，淡紫色，喜欢得不得了，回来后送了最好的朋友。做皂也是一件会被想象中的困难禁锢的事，直到搬来小山居的第三年，我才迈出第一步。

将几种不同的、可以食用的油和碱混合在一起，不断搅拌，慢慢融合，逐渐变稠，乳化，最后变成好看又实用的洗涤用品，整个过程很有意思。比如在做木槿花皂的时候，我对这种淡紫色小花放入皂中最终会变成什么样充满好奇与期待。如此，生活变得乐趣无穷。

淡紫色的木槿花

木槿花皂配方

椰子油 200 克；
棕榈油 200 克；
花生油 600 克；
氢氧化钠 148 克；
水 370 克左右（水大概为碱的 2.3 ~ 2.5 倍）；
木槿花数朵，去蒂，加水，打成浆。

制作步骤

1. 木槿花放入搅拌机中，加少许水，将其打成浆，这时花碎就像糨糊一样黏。

2. 称量油、碱、水。将水缓缓倒入碱中，速度要慢，且尽量远离，因为碱遇水产生高温，且有腐蚀性；将碱水放凉至 40 度左右，也可将其放入凉水中降温。

3. 油混合，使其温度达到 40 度左右，如果温度不够，放入蒸锅升温。

4. 将碱水倒入油中，搅拌，可用电动搅拌机代替人力。十几分钟后将木槿花浆倒入其中，继续搅拌，直到能划出数字 8 且痕迹能短暂停留即可。需注意一点，如果木槿花浆加水多，打花浆时加多少水，碱水的用量就要相应地减少多少；如果木槿花浆加水极少，可忽略不计，碱水的用量不变。

5. 入模，天冷的时候最好将模和皂放入保温箱。

6. 两天后脱模，放置一个多月以后，就可以使用了。

第三章 亲近山林，收获家的另一种味道

木槿花皂

玫瑰纯露

想做纯露是缘于院子里的两棵玫瑰每年都开花,一来泡水喝用不了多少,二来玫瑰酱也很少食用,而做纯露可以消耗大量玫瑰,又能当爽肤水使用。自从做了玫瑰纯露以后,再也没买过任何牌子的爽肤水。

玫瑰纯露的做法很简单:可以先从网上买一台纯露机;早晨趁玫瑰的花瓣未完全打开,将其摘下;掌握好花和水的比例,以及蒸馏时间,经过我的多次实验,总结的经验是1斤玫瑰花加800毫升纯净水,定时40分钟比较合适;接下来就简单了,将摘下的玫瑰花放入纯露机,加入纯净水,耐心等待40分钟,玫瑰纯露就做好了。找一个干净的玻璃瓶,依然需要提前消毒,最好用酒精,然后装入做好的玫瑰纯露即可。夏天天气热时,最好把纯露放入冰箱保存,这样未来两三年可以一直使用。

鲜肉月饼

鲜肉月饼

第一次吃鲜肉月饼，完全颠覆了我对月饼的看法。2017年的中秋节，我自己也烤了一炉鲜肉月饼，皮酥肉鲜，太好吃了！

因是第一次尝试，从网上看了看配方和做法，感觉就是包子嘛，只不过是油酥面、口朝下、用烤箱烤制的包子。对包饺子和包包子熟练的人来说，做鲜肉月饼简直易如反掌。肉馅完全可以参考以前自己调馅的方法。做月饼的关键在于月饼皮的配方和制作方法。

调馅

做油酥和水油皮，平均分成15份，将油酥包入水油皮，收口朝下

擀开面团，像包包子一样，将馅料包入其中

入烤箱烤制30分钟，即成，皮酥馅鲜

月饼皮是油酥和水油皮一起做成的，鲜肉月饼制作细节如下：

油酥配方

面粉 150 克，猪油 75 克。

水油皮配方

面粉 150 克，猪油 45 克，温水 75 克，糖 30 克。

鲜肉月饼制作方法

第一步：做油酥。将做油酥的材料混合均匀即可。

第二步：做水油皮。将做水油皮的材料混合均匀即可。

第三步：将揉好的油酥和水油皮平均分成 15 份，再擀开水油皮，包入油酥，收口朝下，饧 30 分钟。

第四步：用擀面杖将面团擀成长方形，卷起，将开口面朝上，压成一个小饼，用手掌按一下，擀开，再卷起，团成圆形，盖上湿布继续醒 30 分钟。

第五步：像包包子一样，拿一块馅放到面皮中间包进去，口朝下，用手掌根将其整好形状，刷蛋液，入烤箱，温度设定为 190 度，时间定为 30 分钟即可。

鲜肉月饼好吃与否，取决于两点：馅是否鲜美，皮是否酥软。15 个月饼约用 300 克猪肉馅，调馅的时候，生抽、老抽、料酒、香油的用量看自己喜好，别忘了放榨菜碎。

法国苹果蛋糕

在网络上看到一位生活在美国的微博博主分享了烤苹果蛋糕的方法,为避免我家苹果腐烂被扔堆肥池的悲惨命运,我也学着做了一次。

首先分享苹果蛋糕原始做法的,是一位从加州搬去法国的美国点心师David Lebovitz,他在自己的博客上介绍了这种法国点心。而后,那位微博博主的朋友从facebook上看到。就像David所说,做苹果蛋糕没有任何技术要求,原料和设备都很简单,可一旦做出却有一种闪亮登场的效果。

的确,这款蛋糕烤好后色泽诱人,烤制过程中不断有果香、奶香和酒香的混合香味飘出,肚子里的馋虫瞬间被勾出来了。

那位微博博主特别强调美国人用苹果烘焙时喜欢加肉桂,这一点我深有体会,有人喜欢肉桂特殊的味道,但也有人始终不喜欢。她说法国人在做这道点心时不放肉桂,更着重突出苹果的清香。我自己也不喜欢加肉桂。另外,原始配方里还添加了香草精,但那位博主说加不加似乎对口感没有影响,我之后也索性不加了。

法国苹果蛋糕

制作方法如下

1. 准备四个苹果，去皮切小块。苹果品种无所谓，青苹果最好，红富士等也可以。
2. 黄油约110克，将其融化；加白糖100克（原方150克，我减少为100克，口感并不寡淡），两个鸡蛋，一小盅白葡萄酒或15毫升朗姆酒（如果家里没有也可不加），用筷子搅拌均匀。
3. 普通面粉约90克，一小勺泡打粉，少许盐，搅拌均匀；加入奶油鸡蛋混合物，搅拌均匀；放入苹果块，搅拌均匀；入抹好油的烤盘。
4. 入烤箱，温度设定为180度，时间设定为50~60分钟，烤至表面金黄即可。

雷蒙德苹果派

之前在网络上看了一部美食纪录片《雷蒙德·布兰克的厨房秘密》,主要讲述一位法国名厨雷蒙德·布兰克的烹饪秘诀,纪录片里展示了这位大厨与他精心创造出的若干美食,看得出他非常热爱食物料理。我也被感染,记下了这道雷蒙德苹果派的做法,不过出于自己的口味喜好和食材的可获取性,我稍加改动。

雷蒙德苹果派

用料

面粉 250 克，盐少许，无盐黄油 125 克（做派皮），水少许，鸡蛋 2 个，无盐黄油 15 克（腌制苹果），柠檬汁适量，糖 65 克，白葡萄酒适量（原始配方是白兰地），苹果 3～4 个，糖粉适量，淡奶油 100 克。

制作方法

第一步，将面粉、黄油和鸡蛋混合，在其中加适量水和成团，饧二三十分钟。

第二步，面团饧好后，擀成薄派皮，放在模具上，形状整理好后去掉周边多余的皮。

第三步，苹果削皮，切成月牙形入盆，黄油、15 克糖（可减少）及适量柠檬汁、白葡萄酒（白兰地）调成混合汁，淋在苹果表面，搅拌，再把苹果码在擀开的派皮上。

第四步，入烤箱，温度设定为 180 度，时间设为 30 分钟（原始做法是温度先设定为 220 度，时间设为 10 分钟，待烤箱温度降至 200 度，继续烤 20 分钟），这时苹果会出现焦糖色；再在 100 克淡奶油中加入一个鸡蛋和少许糖，搅拌均匀（原始做法是将剩余的 50 克糖全部加入，我只放了少许），将其均匀地洒在苹果派上，再入烤箱烤 10 分钟，即成。

雷蒙德苹果派与法国苹果蛋糕，都是大量消耗苹果的甜点，油和糖的用量都很大。就我个人而言，我更喜欢苹果蛋糕的口感，做法方便快捷，不过这款苹果派能品尝的苹果更多一些。

第三节

远亲不如近邻

"远亲不如近邻"是农业社会人情关系的真实写照，但如今社会文明程度提高了，人与人之间的关系却疏远了。庆幸的是，山居十几年，我们再次体会到了温暖的人情，大小两处山居，我和先生很幸运遇到了特别好的邻居。

还在大山居时，左邻右舍总给我们一种亲人的感觉，经常聚在一起谈论天气，或是交换各自种的水果和蔬菜。我们与北邻的院子始终是相通的，所以我们经常跑去对方的院子摘水果吃。与南邻虽有一墙之隔，但我们两家也经常翻墙来往，极少走大门。

搬来小山居后，邻居是我眼里的种菜达人，而我是她眼中的种花达人，通过这几年的来往，我的种菜水平在邻居的指导下逐步提高，而邻居家的菜园也有了越来越多的花和特别的水果，树莓就是其中之一。由于邻居不喜欢吃树莓，我帮助解决了不少。我和先生经常收到她们送来的蔬菜，也有时候是几包大枣，或者几个石榴，很多时候就放在门口，看在眼里常觉得比吃进肚里更暖心。

山居后，不仅有花、有菜、有新鲜空气陪伴，还收获了要好的邻里关系。

第四章

花园生活中的动物伙伴

第一节

三胖与小雪

三胖与小雪是我家养的两条金毛犬。三胖满月刚过两天，我就从狗场把它抱回了家。回到家里，儿子排老大，干儿子排老二，小金毛排老三，它长得胖乎乎的，便直接呼作三胖了。后来的小雪也是满月后就被我抱回了家，因为雪妈一胎生了11只小家伙，所以抱回家时远不如从专业养殖场抱回的三胖健壮。

三胖和小雪与城市家族的同类比，大概更幸福一些吧。它们不止拥有一座山，而是拥有连绵的群山，它们可以每天追逐撒欢，自由奔跑，还可以跑进山林探索食物，虽然没逮到一只野鸡野兔，倒是捉到了十几只刺猬（但我们把刺猬放生了）。

不仅拥有山林，它们还拥有小花园，整天与花草为伴，还能经常吃到有机的黄瓜和西红柿。

三胖、小雪与山林　　　　　　　　　三胖总是逗小雪

小雪还小时，依偎着三胖

第四章　花园生活中的动物伙伴

乖巧的小雪

小雪陪我进山林

第四章 花园生活中的动物伙伴

扒窗等待外出

三胖、小雪从不打架，每日厮守，真正做到了我们口中的"相敬如宾"。就像不同的人有不同的性格，三胖和小雪的性格差别也很大。三胖很固执，经常一意孤行，平时它做错事，你训了它，它一副满不在乎的样子，毫无悔改之意。有时实在生气不得不敲打几下，它都不躲，对你的管教无动于衷，或是它也急了，会做出反抗的动作，反倒把你唬住了。小雪则非常听话，常会伴在我身旁，也常会跟着三胖。三胖因为比小雪早来家，小主人的气势很足，尤其表现在吃饭上，总抢小雪的食物。不过在我和先生的管教下，抢食的坏习惯已经改正。

　　小雪来得晚，处处小心谨慎，活脱脱一个低眉顺眼的"小媳妇"，但它很聪明，吃饭速度很快就赶上了三胖，甚至超过了它。除此之外，它也听话，机灵，出去跑着玩我一叫就回来；三胖一跑出去，就犯"自由主义"的毛病，任你喊破嗓子，它头也不回，只顾扬长而去。小雪偶尔跟着三胖疯跑不回家，训三胖时它会哧溜找地方躲起来想要躲过训斥。三胖有时仗着自己是老大，经常寻求我和先生的爱抚，还会排斥小雪。小雪则乖乖听话，不去争宠，以至于就像是影子一般，我和先生走到哪它就跟到哪。

先生与小雪

三胖和小雪虽然不是我们的孩子，但总也算两个家庭成员。三胖是我抱回家的，自然对它更怜爱；小雪是老二又是一只母犬，先生便偏爱它多一些。

两个家伙食欲极好，吃嘛嘛香，从不挑食；但因为每天的运动量大，身材保持得很好，来串门的朋友都夸它俩身上全是紧实的肌肉。

每天，它俩都会用自己的方式催促你赶紧放它们去大山里奔跑，看着它俩渴望的眼神真是不忍拒绝。走到水库边，小雪自己跳进去畅游，三胖就在坝上溜达坚决不下水，朝它扔石子也不下。因为有它俩相伴，我才敢一个人在山林间行走，才有机会与大自然亲密接触，才能感受四季的变换。因此，我应该感谢三胖和小雪。

小雪在水中畅游

第四章 花园生活中的动物伙伴

它俩是我爬山的好伙伴，锻炼效果非常明显。三胖被我抱回家没多久，便和我一起去爬山了，后来得知太小的狗不适合做上下攀爬这种剧烈运动，以至于它的右前腿有点跛，吃过骨粉却一直无法痊愈。好在它奔跑时看不出腿有毛病。

养两只金毛肯定会增加不少负担，买狗粮费钱，给它们烙饼费力，尤其也使得我和先生两人不能同时出差。有时我们也嫌烦，人们在山居养狗多用来看家护院，像这种荒郊野外的地方一般都养烈性犬，但金毛很温顺，不大适合做这份工作。但既然它们来到我们的身边就是这个家的一分子，就像前几年流行的段子：你们有你们的朋友，可它们只有你。

来到我们这种非富非贵的普通人家，三胖和小雪有时应该也会感到幸福吧，我们永远不会用铁链拴着它们，更不会用铁笼圈着它们，我们给予它们尽可能大的活动空间。在山林里，它们撒着欢飞奔，与在城市养狗只能关在家里相比，它们无疑非常自由。

冬天时，为了能让它们随时进屋避寒，先生木工房的门便一直开着。可这两个懵懂的家伙经常趁我们不在家时把木工房折腾得无处落脚，不知道咬断了多少根电线，因为抓不到现行所以也无法进行针对性管教。为了让它俩在冬天能多晒太阳，我和先生就把它们安置在前院，这两个精力旺盛的家伙又开始折腾我的花园，到处刨坑，吃了不少花，具体有多少损失只能等到第二年春暖花开时才了解。

相亲相爱

第四章 花园生活中的动物伙伴

山里的

花园生活

我们和三胖的缘分戛然而止于一个冬天。还是像往常一样，我带它俩出去放风，下山时，三胖一溜烟跑了。和以前不同，我和先生找了一晚，始终没找到它。第二天在草丛里看到新鲜羊排时才明白，有人恶意用这种方法把三胖引走抓去了。就像是失去了一个家人，我们希望它不论在哪里，都好好的。

三胖和小雪在一起两年多，相亲相爱。它们都是纯种金毛犬，但因为三胖有生理缺陷，很遗憾，它俩没有留下任何后代。

第二节

小雪和它的孩子们

　　小雪天生就是被人疼的毛孩子，生性胆小。有一次因为房后祭祀放炮，它受到惊吓跳墙而去，不知道躲藏到了哪里。我们满山寻它，喊它的名字，却没踪影，我和先生以为它被抓走了。消失多半天后，它自己回了家。自此，它变得更听话了，带它出去撒欢的时候，总是跑在你前面，不离开你的视线，一叫它就立即跑回你身边。

　　小雪是一只母犬，我们希望它能够做母亲，至少有自己的孩子。为此，我们做了两次努力，但都没有成功。有一年冬天，我和先生出远门把小雪托付给了邻居，没承想我们回来时，它变胖了。开始我们以为是邻居喂得好，它吃得多，还想登门感谢来着，后来看它不喜欢走动，才意识到，小雪可能要做妈妈了。

小雪和孩子们

小狗们在花园玩耍

　　果然，第二天它就有了临产的迹象。我赶紧把木工房腾出来，找来一个大纸箱，剪开，足够它躺进去，算作临时产房和产床，并请教送我们小雪的那位朋友，她一步一步指导我应该怎么做。可是小雪一开始并不在"产床"上好好待着，而是不断跑去花园里挖坑，直到晚上生了第一只小狗，它才老老实实躺回"产床"，一个一个将小狗产在上面，最后一共生了七只。奇怪的是，小崽子们的爸爸应该是邻居家的黄色秋田，可是七只小狗里却有三只是黑色的，并且只有其中一只像金毛，其他几只还有像拉布拉多的，总之没有一只像黄色秋田。

小雪生完孩子后,每天在"产床"上好生哺育它的一群黑白娃。为了方便照顾它们母子,我把"产床"挪到了门厅;为保证小雪营养充足,我买了好几箱的鸡架,用锅炖,然后加玉米面给它吃,结果它吃成了"大胖妞"。慢慢地,我和先生开始用狗粮喂七只小崽,小雪的哺育负担就小了很多。

眼看着狗娃们一天天长大,我们就合计着把它们送出去,原以为小雪会伤心,结果它没有什么反应,这倒有点出乎意料。

看小雪当妈妈辛苦,一个月后,我便带着它去宠物医院做了绝育手术。那天回家后,本来准备打开后备厢和先生一起把小雪抬下车,因为麻醉的劲儿还没有过去。结果我一打开车门它自己就跳了下来,跟着我进了家门。为防止术后感染,我在家给它输液,它一动不动,好像知道是为了让身体好得快一些。小雪就是这样,坚强又懂事,让人喜欢也让人心疼。

第三节

咪咪和它的孩子们

因为花园和木工房里有老鼠，先生花70元从山里一户人家买回一只刚满月的小猫，希望它长大后能去抓老鼠。

小家伙长得很快，我俩也没给它起名字，顺嘴叫的"咪咪"便成了它的名字。可能是先天喂养条件不好，刚抱来时脏兮兮的，看不出是灰色还是黄色，毛发没有一点光泽，且胆子极小，第一天钻进马桶后面的弯道处待了一宿。来家一周后才开始与人接近，因为它个头太小，冬天外面又冷，平时就把它安置在阳台，家里有人时便把它放进屋。咪咪很聪明，但凡家里有动静，它便蹲在门口喵喵地叫着，门一开，刺溜就钻进屋了。

第四章 花园生活中的动物伙伴

277

咪咪

咪咪是我们养的第一只猫，与三胖和小雪相比，养猫实在是太省心了。不用遛，自娱自乐能力很强；爱干净，到家就会用猫砂，决不随地大小便；好奇心很强，对什么貌似都很感兴趣，所以即便是自己待着也不会寂寞。唯一不好的一点就是喜欢到处抓，我们的皮沙发被它的猫爪挠得伤痕累累。

我很好奇如果把咪咪和三胖小雪放在一起会发生什么，先生说你没见过三胖和小雪狠追野猫吗？但我想试试究竟会怎样。于是一个周日的中午，我把咪咪放在门台上，三胖激动地冲咪咪发狠，想咬它，想不到体重、个头和年龄都不足三胖十分之一的咪咪毫不畏惧，冲着三胖狂叫。看它们战况胶着，先生想把咪咪抱走，一转眼却找不到它了。后来发现它蹲在拱门顶上，咪咪用了它的看家本领——爬树。

以前常听人说，猫是奸臣，贪图享受，喜欢富贵人家；而狗是忠臣，决不会嫌弃主人家贫。养了咪咪以后才知道，其实猫并不嫌贫爱富并且是很听话的动物，咪咪尤其听先生的话，只要先生唤它的名字，准会跟着走。

彼此熟悉后，它一点都不怕我们了，经常在我面前表演各种技能，也不怕小雪了。记得有一年冬天，它俩共处一室，彼此和平相处。但过了两年，在外散养后，它们好像从不相识一般，见了面就像敌人，势不两立。

养了猫才知道为什么有"夜猫子""躲猫猫"这种词，才知道猫的平衡能力有多强。咪咪可以像走钢丝一样在木栅栏上踱着猫步，走无数个来回。

咪咪和孩子们

　　咪咪是只母猫，也当了母亲，它一窝生了三只小猫，一只橘色，一只黑色，一只白色。猫产崽一般不需要有人在旁守候，它们怕人，如果你去看它，它会很警惕，也会叼着孩子挪动地方。为了安全，猫会不断搬家，到达它认可的安全地带为止。

　　咪咪的孩子长大后，还没来得及送人，有两只自己就走了。我们把黑色的那只唤作小黑，它留了下来。不过小黑好像跟咪咪没有什么母女情分，形同路人。

第四节

小黑

小黑是一只有故事、传奇式的猫。

它从不与人亲近,但只要听到我和先生回来,呼唤它的名字,它就会凑过来,不过始终与我们保持距离。家里的几只狗都好像与它有不共戴天之仇,只要听到小黑叫,就立刻冲过去。尽管狗多势众,小黑倒也不是很怕,它一般会避开,然后离去。

一开始我和先生出门时间长的时候,会为它留足猫粮,并给它留门。结果有一年冬天,它顺着排烟道钻进了屋,也不知道它在屋里住了几天,吃的什么。等邻居发现它时,我们卧室床上已经有了很多它的排泄物。想把它弄出屋,结果发生了一场人猫大战。邻居说,小黑真不得了,居然能飞檐走壁。当然人猫大战的结果是,小黑被赶出了屋子。

小黑

　　因为它不近人，长得也凶，大家都不是很喜欢它，有两次我们想把它送到两公里外的村子让它自己去觅食，没想到它都神奇般地又找回来了。既然这样，周围人都说就不要送走了，留着养吧。

　　后来因为家被封了门，我们和邻居顾着抗争、搬家，只记得给小雪母子找能安置的地方，却把小黑忘了！没想到有一天上山又看到了它，比我们喂养它时胖多了。看来山上有它能寻找到的食粮，有院子也可以随便进出喝水晒太阳。我和先生便放心了。

　　其实，它才是我们那一片地方真正的主人。

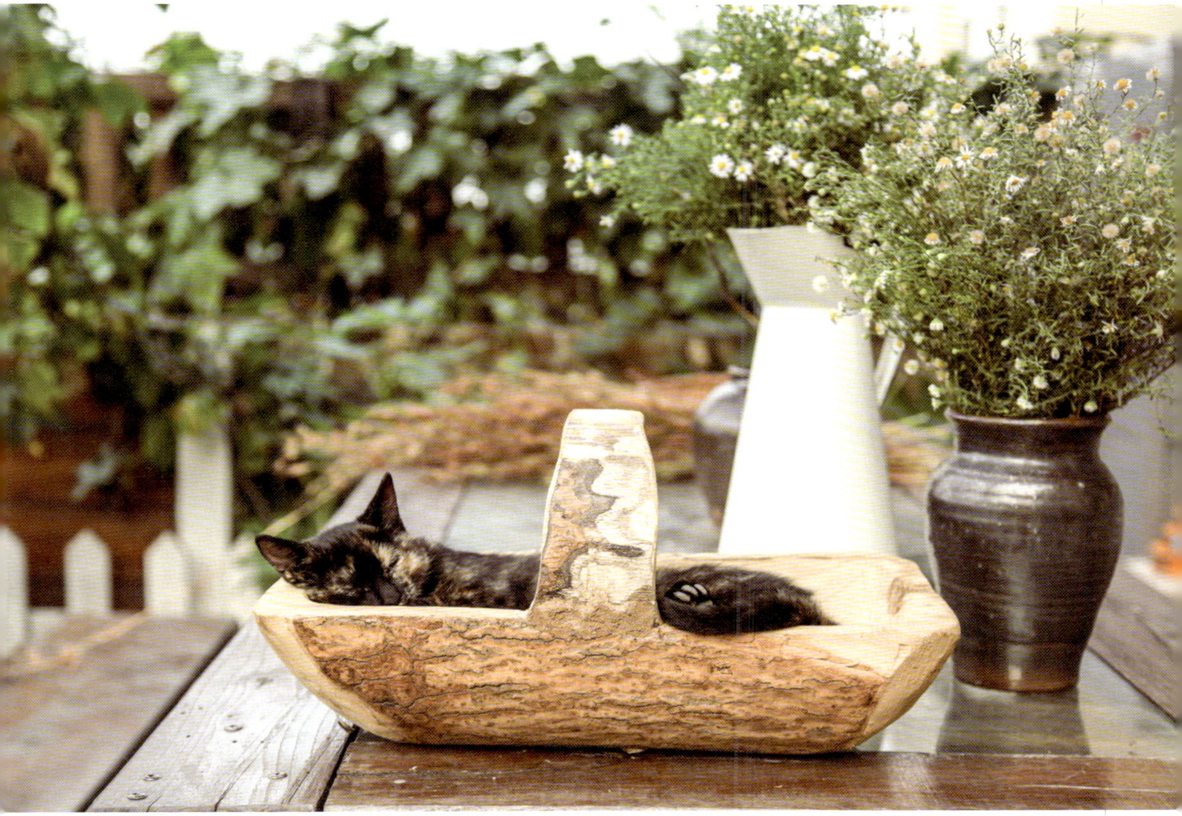

后记

　　山居这几年，曾有几家出版社约稿，并有一位热心的编辑把我散落在新浪博客和新浪微博上陆陆续续发布的山居生活的内容整理出来，可自己总觉得文笔不够好，山居生活还可以积累更多的素材，所以整理好的资料一直在电脑里存了好几年。直到2019年冬天，山上的房子被封，我才意识到或许以后再也不会有山居生活了，过去十几年与山为伴的日子或许该做个了结了，这才下决心整理这本书稿。

　　真正坐下来开始梳理书稿始于2020年的第一个月，那正是新型冠状病毒肆虐、全国各地一片紧张的时候，大家都各自窝在家里，很多人因此觉得生活有点无聊。对于我们一家来说，依然像以前每一个冬天一样自娱自乐，这正是多年山居生活给予我们的能力——独处的能力、自娱自乐的能力。当然山居多年，给予我们的远不止这些，我们做了很多以前想都没想过以及觉得不可能做到的事情，比如养蜂、做手工皂、做各种果酱，而先生这个小木匠做了家里所有的家具。

　　整理这本书稿的文字和图片用了差不多两个月，在新冠肺炎疫情起起伏伏中，我每天像看老电影一样回放自己曾经的山居花园生活，正是自己曾经留下的文字和一幅幅图片抚平了我因疫情变化而焦虑不安的心。我也一再问自己，假如山上的房子真的被拆了，我是否还会继续我们的花园生活？曾经的文字记录和自己拍下的照片告诉我花园生活有多么美好。所以我的答案是，不管未来有多么难，我还是会尽量继续这种生活。花园的疗愈作用，如果不是亲身体会，可能你永远不会知道它有多大的影响，也不会知道花园生活多么有意思。

虽然这些年陆陆续续记下一些文字，但要把它们整理成书稿，却非易事。是汝怡老师的鼓励才让我下定决心，安心整理这些内容，其实也是整理这些年的生活。感谢韩松的引荐，如果没有他，我不会认识汝怡老师。感谢老朋友洪卫，是他让我认识了韩松。感谢余椹婷，多年前她整理的资料让我省了不少时间和精力。最后要感谢的是我的家人，尤其是我的先生，是他陪我一起度过山居岁月，随时满足我的各种要求，即使是看起来很难的要求，最后也都被他一一攻破了。